아무튼, 드럼

아무튼, 드럼

손정승

위고

차례

아침 드럼 ___ 6

우리 이거 얼른 들어볼까요 ___ 12

생활음악인 ___ 18

떨림의 연속 ___ 28

한 곡 떼기 ___ 36

닳기를 바라는 마음 ___ 46

수작업 악보 ___ 52

클럽 1일 관람기 ___ 60

본업이 아닌 자들의 자유 ___ 70

어른이 되어 좋은 것들 ___ 76

드럼 아니고 드럼세트 ___ 82

하림상과 도라무 ___ 92

생각보다 여려요 ___ 102

여성 드러머 ___ 108

모십니다, 밴드원 ___ 116

불이 켜진 그곳 ___ 122

아침 드럼

목요일 아침 8시. 다른 날보다 훨씬 이른 알람에 잠이 깼다.

나의 평소 기상 시간은 오전 10시다. 숫자가 좀 그렇지만 결코 아침잠이 많은 편은 아니다. 다만 홍대 앞 책방 땡스북스를 첫 직장으로 가져 7년째 다니고 있을 뿐. 책방이 문을 여는 낮 12시에 맞춰 출근했다가 밤 9시에 퇴근하는 내 일상은 보통의 직장인 시계보다 세 시간씩 뒤로 맞춰져 있다.

목요일에만 일찍 알람이 울리는 이유는 출근 전에 드럼 레슨이 잡혀 있기 때문이다. 여느 직장인들의 저녁에 해당하는 시간이 내게는 오전이라 취미를 가지려면 이 시간을 적극 활용해야 한다.

집을 나서기 전 현관문 앞에서 머리부터 발끝까지 쭉 훑는다. 옷을 얼마나 잘 차려입었는지 보는 게 아니다. 드럼을 치기에 편안한 복장인지 체크하는 것이다. 드럼은 다리를 벌리고 앉은 자세로 연주하기에 짧은 치마나 반바지는 아무래도 불편하다. 앉았을 때 배가 신경 쓰이는 딱 붙는 티셔츠나 허리가 너무 쪼이는(이라 쓰고 '장기가 쪼이는'이라 읽는다) 바지도 오늘은 날이 아니다. 시선이 발끝에 다다르면 여름엔 덧신을 잘 챙겼는지 가방을 뒤적이고, 겨울이면 양말에 구멍이 없는지 발목을 앞뒤로 까딱여본다. 여름에는 맨발로 레슨실의 슬리퍼를 신자니 다음 시간 학생에게 괜스레 송구해지고, 내 겨울 양말은 무조건 발뒤꿈치부터 시스루가 되어 버려지는데 킥을 체크하는 선생님께 그런 양말을 들키고 싶진 않기 때문이다. 마지막으로 이어폰과 드럼 스틱도 챙긴다. 목요일엔 일부러 작은 가방을 메 스틱이 굳이 바깥으로 삐져나오게 넣어준다. 그것이 멋이다.

출근길 러시아워가 끝난 지하철은 한산하다. 양옆 자리가 텅 빈 6호선 응암순환행을 타고서 악보를 보며 손과 발을 까딱이다 이내 고개를 꾸벅인다. 몸이 기억해 상수역에서 눈이 절로 떠지면 다음 역에서 내릴 준비를 한다. 합정역은 타고 온 지하철과 마찬가지로 한산하다. 평소엔 5번 출구로 다니지만 오늘은 7번 출구. 출구가 바뀐 것만으로도 이따 출근한다는 사실을 잠시 잊는다. 홍대 앞의 오전은 다른 동네의 이른 새벽과 다름없어서 길에 사람도 적고 문을 연 가게도 골목에 하나 있을까 말까다. 오늘 아침까지 이 골목을 가득 채웠을 어떤 것들이 신기루처럼 사라진 느낌이라고 해야 할까. 유일하게 문을 연 카페에서 커피를 산다. 나 한 잔, 선생님 한 잔. 다시 고요한 골목에 내 발소리만 들린다.

지하의 레슨실 앞에 도착해서 선생님께 "도착했습니다"라는 카톡을 보내고 잠시 기다린다. 문이 열리고, 엇, 다른 분이 인사를 하며 나온다. 보통은 선생님이 열어주시는데 오늘은 내 앞에 벌써 수업이 있었다는 뜻이다. 아침부터 북을 치러 오는 사람 중에 나보다 더한 사람이 있다는 게 어쩐지 안심이다.

　　문을 열고 들어간 레슨실에는 열감이 조금 남아 있다. 간밤 안녕하셨냐는 문안 인사와 함께 의자에 앉는다. 선생님이 8비트 연습곡을 고르는 동안 나는 의자의 위치를 조정하고 목과 손목 스트레칭을 한다. 하품을 해서 건조한 눈을 촉촉하게 만들기도 한다. 8비트 연습은 복싱으로 치면 줄넘기에 해당하는 준비운동 겸 기초를 다지는 필수 코스로, 노래 두어 곡에 맞춰 박자를 일정하게 치며 몸을 푸는 시간이다. 이때의 곡은 대개 선생님이 고르는데, 잠이 덜 깨선지 내가 고르지 않아선지, 여기서 들은 걸 완전히 까먹고는 다른 곳에서 같은 곡을 듣고 와서 "선생님 제가 진짜 좋은 곡 알아 왔어요. 완전 대박임"이라고 말한 게 한두 번이 아니다. 웃긴 건 수강생 중 나만 그러는 게 아니라서 선생님은 일말의 동요 없이 "그거 저번 8비트 연습 때 튼 곡이에요"라고 무심히 답한다.

　　8비트 연습을 하는데 베이스 페달이 자꾸 바짓

단에 걸린다. 복장에 신경 쓴다고 썼는데 통이 넓은 바지를 입고 온 탓이다. 이런 일에 익숙한 선생님이 수업을 잠시 멈추고서 문구용 집게를 건네면 나는 냉큼 받아 오른쪽 바짓단 뒤를 여민다. 그마저도 귀찮을 땐 그냥 슥슥 말아서 접어 올릴 때도 있다.

몸이 풀리고, 어제 배운 악보를 이어서 연주한다. 아침 드럼의 가장 신기한 점은 간밤에 생각이 정리되듯 몸도 정리되는 것 같다는 점이다. 어젯밤에는 죽어라 해도 안 돼서 포기했던 연주가 오늘 아침에는 된다. 알아들은 척하며 넘겼던 부분을 정확하게 이해하며 연주한다. 그렇다 보니 몇 주 동안 배운 곡을 떼고 마무리하는 기념 영상은 아침에 찍는 경우가 많다. 카메라 앞에서 긴장하는 학생들이 많아 세 번 정도는 반복해서 촬영하는데, 나도 예외는 아니다. 심지어 한술 더 떠서 긴장하면 왼쪽 허벅지가 너무 떨려와(뒤로 갈수록 심해진다) 처음 찍은 영상이 가장 좋은 경우가 많은데도 욕심을 못 버린다. 쌤, 한 번만 더 찍을까요, 여기 2절만 다시, 마지막 아웃트로 부분 딱한 번만, 제발 제발…! 그러다가 회사에 지각할까 레슨실을 뛰쳐나간 적도 여러 번이다. 계단을 급히 오르면서도 한쪽 귀에 이어폰을 꽂고서 방금 찍은 영상을 재생한다. 나만 아는 아쉬운 부분들이 있지만,

오늘은 눈 감고 대충 들으면 꽤 그럴싸하다. 마음에 든다.

그렇게 올라온 지상에는 해가 중천이다. 고요했 던 골목은 분주히 문을 여는 가게들과 점심을 먹으러 나온 근처 직장인들로 소란하다.

책방에 도착해 동료 음소정(이하 음양)과 인사 를 하고 오픈 청소를 하며 오늘 수업 때 배운 것들에 대해 이야기한다. 일할 땐 진중하지만 본체는 흥이 많은 음양은 언제나 인자하게 내 이야기를 들으며 두 둥 탁! 드럼 치는 모습으로 장단을 맞춰준다. 나를 응 원하며 생활음악인으로 인정해주는 음양과의 대화가 즐겁다. 음, 부디 음양도 즐거워야 할 텐데.

자리에 앉아 업무를 시작하려는 순간, 바지 오 른쪽에 아슬아슬하게 매달려 있는 집게가 보인다. 너 여기로 출근하면 어떡해. 집게를 쓰지 않은 날엔 바 짓단이 말려 짝짝이인 채로 출근할 때도 있었다. 왜 아무도 알려주지 않은 걸까. 그치만 웃음이 난다. 코 와 미간 사이의 어느 지점으로 오늘 아침에 연주한 음 악을 흥얼거리며 집게를 빼 가방에 넣는다. 다음 주 드럼 레슨 날 현관문 앞 체크리스트가 늘었다. 선생 님께 돌려드릴 집게 챙기기.

우리 이거 얼른 들어볼까요

땡스북스 책장에는 수천 가지 언어로 쓰인 책들이 빼곡하다. 작가마다 '고유한 언어'가 있다는 뜻이다. 나는 통역사의 마음으로 남들보다 좀 더 빠르게, 많이, 되도록 정확한 대화를 나누고서 독자에게 새 책을 소개하는 일을 맡고 있다. 하지만 내게도 미지의 언어가 있다. 음악에 관한 책들이 그런 경우인데, 내가 아는 음악의 언어가 몇 개 없다 보니, 우리는 아주 기초적인 대화만 나눌 수 있는 사이였다. 하우 아 유? 아임 파인 땡큐, 앤 유?

땡스북스의 음악 서가는 한때 굉장히 몸집이 작았다. 이곳을 거쳐 간 직원들은 기본적으로 음악을 사랑했지만 그 마음이 반드시 책으로 이어지는 건 아니었다. 나도 마찬가지였다. 음악에 관한 책들은 책에 대한 책과 같아서 취향도 많이 탈 뿐 아니라 책에 소개된 모든 음악을 들어야만 할 것 같은 괜한 부담에 손을 뻗기가 어려웠다. 이 책들 말고도 매일 나의 읽기를 기다리는 책은 많았다. 그러다 대학에서 작곡을 전공한 예린 씨가 파트타이머로 같이 일하게 되면서 비로소 땡스북스 서가에 음악 책이 조금씩 늘었다. 때마침 나도 드럼을 배우기 시작했다.

음악을 전공한 사람이 주변에 한 명도 없었던 나는 졸지에 두 명의 전문가 친구가 생겼다. 예린 씨와 나눈 이야기를 드럼 쌤에게 옮기고, 드럼 수업 때 배운 언어를 예린 씨와의 대화에서 써먹는, 흡사 음악하는 박쥐 같은 대화를 연일 이어갔다. 이들이 어릴 때부터 공기처럼 접한 것들을 나는 그제야 떠듬떠듬 배웠고, 그것이 너무 즐거워서 음악 분야의 책들을 나서서 찾아 읽었다. 『음악의 언어』(송은혜), 『청소하면서 듣는 음악』(이재민), 『익숙한 새벽 세시』(오지은), 『뮤직 포 이너 피스』(박정용), 『음악 혐오』(파스칼 키냐르)…. 책의 저자들은 분명 세상을 감각하는 레이더가 하나 더 있었다. 음악에 삶을 크게 내어준 이들이 쓴 글을 읽는 건 눈으로 어떤 한 곡을 오래, 다시 듣는 일이었다.

오랜 시간 책방에서 일하면서 참 안 변한다고 느끼는 것 중 하나는 책방 일을 낭만적으로 보는 바깥의 시선이다. 예전엔 그 점이 못내 서운해서 마냥 불퉁거렸는데, 이제는 내 일 아니면 다 좋아 보인다는 걸 너무나 잘 아는 7년 차 직장인이 되었기에 타인에게 호감인 직업이라는 게 감사할 따름이다. 그러나 내가 앞장서서 책방의 낭만을 팔지는 말자던 결심은 여전해서 땡스북스의 10년을 기록한 책 『고마워 책방』을 낼 때도 낭만적인 이야기는 의식적으로 많이 덜어냈다.

그렇지만 끝내 아니라고 우길 수만은 없는 사실도 있다. 땡스북스의 음악은 나와 동료 음양이 정해서 틀고 있는데 일터에 흐르는 음악을 계절이나 날씨, 혹은 둘의 마음에 따라 듣고 싶은 곡으로 직접 고를 수 있다는 건 생각보다 아주 큰 기쁨이다. 선곡의 출처는 크게 두 곳이다. 음반 유통사 리플레이뮤직의 신곡 소개 메일과 우리 둘 각자의 휴일. 우리는 휴일에 새로 간 카페에서, 식당에서, 드럼 수업에서 듣고 마음에 들었던 곡을 '채집'해 돌아온다. 나와 음양 둘다 한 곡 한 곡 일일이 선곡하기보다는 앨범을 통째로 플레이리스트에 추가하는 경우가 많아서 곡명 대신 앨범 재킷의 색이나 이미지, 혹은 비음 가득한 묘사만 가지고 음악적 대화를 나누곤 한다. "있잖아요. 그 파란 배경에 가로등 있는 재킷. 막 이런 구절 나오고." 둠칫둠칫 고개를 흔들며 설명하면 음양도 같이 고개를 흔들며 "아, ○○○요?"라고 답한다. 열심히 일하고 있는 음양에게 "헐 대박. 방금 나온 곡 제목 좀 알려주시겠어요?" 묻고는 며칠 뒤에 똑같은 질문을 똑같은 부분에서 또 한다, 마치 처음인 것처럼. 당연히 며칠 전에 물었던 곡인데도 음양은 또 처음처럼 대답해준다.

리플레이뮤직이 국내에 들여오는 음반도 꽤나 한결같아서 우리끼리는 '리플레이풍'이라고 부른다. 수프얀 스티븐스, 크루앙빈, 비디오 에이지, 옌스 렉만, 휘트니…. 그러다가 새로 채집해 온 곡을 들을 때면 음양과 나는 동시에 말한다. "위화감이 없네요." 예전부터 책방에서 틀었던 듯한 기시감을 주는 비슷한 결의 음악을 좋다고 들고 오는 우리 자신을 볼 때마다 채집의 의미를 되새기게 된다.

리플레이뮤직에서는 유통하는 음반들을 성심껏 소개하는 신보 안내 메일을 자주 보내준다. 드림팝, 슈게이징, 얼터너티브락, 사이키델릭팝…. 몇 번을 읽어도 물음표가 가시지 않아 감으로 때려 맞히던 내용들을 드럼을 배우고 나서야 이해하기 시작했다. 땡스북스 음반 진열장에 겹겹이 포개둔 시디들을 장르에 따라 다시 분류했고, 한 장 한 장 재킷이 잘 보이도록 진열했다. 입고한 음반들을 틈틈이 들어본 다음에 우리가 좋아하는 음반에는 하트 스티커를 붙였다.

퇴근길에는 땡스북스 방문 후기를 찾아보곤 하는데 그날 음악이 좋았다거나 땡스북스에서 건진 곡이라며 소개하는 글을 볼 때면 가끔은 도서 선별이 좋다는 말보다 살짝 더 기쁠 때가 있다(아, 이러면 안 되는데). 앱으로 직접 곡을 검색해볼 수 있는데도 카운터로 다가와 방금 나온 곡이 뭔지 알려줄 수 있냐고 묻는 이에게 곡명이 적힌 종이를 건넬 때, 틀어둔 음악을 누군가 알아듣고 은은하게 따라 부르는 걸 들을 때면 아무래도 책방이 여전히 낭만적인 공간이라는 걸 부정할 수는 없다.

4년 동안 같이 일하면서 음양이 무언가를 덕질하는 걸 거의 못 봤는데 요즘엔 세븐틴에 단단히 빠진 것 같다. 나는 나대로 드럼을 배우면서 음악을 듣는 귀가 바뀌었다. 드럼 수업이 있는 날이면 그날 배운 것을 음양에게 신나게 늘어놓는데 그때그때 내용은 달라도 결국은 '내 마음 나도 몰라 그치만 벅차!'의 상태로 이야기가 마무리되곤 한다. 그러던 어느 날, 나도 모르는 나의 상태를 음양이 한마디로 상쾌하게 정리해주었다.

"이제 음악이 입체적으로 들리겠어요."

때마침 받은편지함에 리플레이뮤직의 신보 메일이 들어왔다. 음양, 우리 이거 지금 손님 안 계실 때 얼른 들어볼까요.

생활음악인

나는 벅스뮤직 유저다. 벅스는 우리나라 최초의 음원 서비스 사이트지만 이용자수 순위에서는 언제나 조금 밀려 있는데, 그러면서도 충성 골수 유저들이 유독 몰려 있는 메이저 중에 마이너한 플랫폼이다. 이 점이 아주 마음에 든다.

나는 수천만 곡의 음원을 보유하고 있는 벅스의 망망대해에서 가끔 하트를 누르고 다닌다. 미약하게나마 아티스트에 대한 사랑을 표현하는 방식이기도 하고, 하트를 눌러두면 신보 소식을 빠르게 받을 수 있는 데다 비슷한 결의 아티스트 또한 곧잘 추천받을 수 있어 좋다. 중요한 건 하트를 남발하지 않는 것. 하트가 세 개 이하일 때만 아낌없이 누른다. 그리고 생각한다. 나는 벅스의 후지이 이츠키*라고…. 도서관 대출 카드처럼 누가 하트를 눌렀는지 알 수 있는 건 아니다. 그저 누군가 자신과 취향이 같은 이의 존재를 발견하길 바라며 누를 뿐. 세상에 좋은 곡과 가수가 얼마나 많은데! 시공간을 뛰어넘어 같은 플랫폼

---

* 이와이 슌지 감독의 영화 〈러브레터〉는 성별이 다른데 이름이 같은 두 명의 '후지이 이츠키'가 주인공이다. 남자 후지이 이츠키는 도서관에 있는 어려운 책들, 즉 아무도 읽지 않는 책을 일부러 빌려 대출 카드 맨 첫 줄에 자기 이름을 새긴다.

에서 누군가와 같은 곡을 듣는다는 건 아주 그냥 운명 같은 일 아니겠는가. 망망대해에서 나의 하트가 붉은 빛을 내고 있다. 등대처럼.

　　원래 이렇게 감성적인 사람은 아니다. 나는 오랜 시간 벅스 이용을 해지한 채로 잘만 살아왔다. 노래 한 곡이 마음에 들면 그걸로 두세 달은 너끈히 버텼고 또 없으면 없는 대로 지냈다. 참 열없는 질문이지만 음악, 책, 영화, 이 셋 중에 무엇 없이도 살 수 있냐는 질문을 받을 때면 어려움 없이 음악과 영화를 고르곤 했다. 내 인생 첫 엠피스리였던 주황색 옙(yepp)에 기대어 지나온 시절을 까맣게 잊은 채.

　　첫 엠피스리는 AA건전지 한 개가 들어가는 256메가바이트짜리였다. 몸통에는 제목이 뜨는 흑백 화면과 전원 버튼이 있고 오른쪽에는 헤드가 있어 위로 돌리면 다음 곡이, 아래로 돌리면 직전 곡이 나오거나 되감기가 되는 직관적인 녀석이었다. 이제는 256기가도 허덕이며 사용하기에 메가바이트 단위 기기란 새삼 놀랍지만 당시엔 넉넉하다 못해 아득한 용량이었다. 그때는 충전식도 아니고 다이소처럼 건전지를 싸게 대량으로 파는 곳도 없어서 가뜩이나 비쌌던 건전지를 한 곡당 여러 개씩 바치고 나서야 겨

우 질렸다. 많아야 열 곡이 넘지 않던 내 엠피스리에
는 자우림의 〈오렌지 마말레이드〉, MC 스나이퍼의
〈BK Love〉, 클래지콰이의 〈After Love〉, X-Japan
의 〈Crucify My Love〉, 그리고 〈그 남자, 그 여자의
사정〉 OST가 빠지질 않았다. 이들은 아침의 버스를
같이 탔고 밤의 독서실에 함께 앉았으며 학원에서 먹
는 컵라면 옆에 있었다.

　　고등학생이 되자 엠피스리는 자연히 전자사전
과 PMP로 바뀌었고 자습 시간이면 친구들과 전자기
기를 교환해 음악을 듣곤 했다. 지금 생각해보면 그
때가 내 음악 세계가 확 넓어진 첫 번째 폭발이었다.
특정 친구의 플레이리스트가 마음에 들어 몇 번씩 졸
라서 듣기도 하고, 내게 뭐 이런 걸 듣냐고 타박하는
친구가 있었으며, 그 '뭐 이런 걸' 좋다고 같이 듣는
친구가 또 있었다. 저작권 의식이 모두가 마이너스에
수렴했던 때라 마음에 드는 곡이 있으면 서로 파일을
주고받기도 했다.

　　오랜 시간 누군가 내게 제일 좋아하는 가수가
누구냐 물으면 선뜻 답하지 못했다. 내가 음악을 엄
청 좋아한다고 생각하지 않아서이기도 했지만, 그때
는 좋아하는 마음이란 무릇 순도 백 퍼센트의 죄다 품

는 마음이라고 생각했기 때문이다. 인생에서 딱 한 가수의 음악만 들을 수 있다면 자우림을 꼽지만 당연히 끌리지 않는 곡과 기억나지 않는 곡이 있다. 이적을 좋아하지만 패닉은 아주 나중에서야 좋아했고 성시경을 사랑했지만 김연우와 박효신을 대단히 즐겨 듣지는 않았다. 이러는 이유를 남에게 설명하기가 어려웠다. 하지만 좋아하는 가수의 이름을 대면 여지없이 뒤따라오는 질문들이 있다. 자우림 좋아해요? 그러면 이 곡 알아요? 아니 제일 좋아한다면서 이것도 몰라요? 상대방은 그런 질문을 해놓고 돌아서자마자 까먹었을 것이다. 지금이라면 나도 뭐래 하면서 넘겼을 테지만 그때는 깊이에의 강요가 이상한 줄 몰랐고, 그렇기에 음악은 내게 대화가 길어지거나 풍성해지는 소재가 아니었다. 어느샌가 나는 스스로를 음악이 그리 중요치 않은 사람으로 여기고 있었다.

그러다가 땡스북스에서 일하기 시작하면서부터 잊고 있던 음악의 존재를 발견했다. 책을 고르는 데에 방해되지 않는 음악을 틀고 날씨에 따라 그날그날의 음악을 바꾸는 수고를 보며 아, 사람들이 여기서 책을 고르는 게 편안한 이유가 있었구나, 하고 처음으로 생각했다.

이후로는 어딜 가든 거기에 흐르는 곡이 귀에

들어왔다. 힙하다는 카페에 가면 공통으로 흐르는 앨범이 있음을 알아챘고 인기곡 톱100이 나오는 카페에 가면 사장님이 어쩐지 무던한 성격일 거 같다는 상상을 했다. 한때는 홍대 일대의 가게마다 이수의 노래가 무진장 나와서 그가 혹시 마포구청장의 아들이 아닐지 일행과 진지하게 논하기도 했고(물론 아들뻘은 아니다), 혼밥으로 순두부찌개를 먹다가 〈센과 치히로의 행방불명〉 주제곡을 들었을 땐 갑자기 돼지로 변할까 봐 걱정했다. 그렇게 다닌 식당 중에서 홍대 가는 길에 있는 일식당 '카미야'를 지금까지도 제일 좋아하는데, 나는 여기서 아라시*의 곡을 10여 년 만에 다시 들었다. 반가웠다. 카미야는 돈가스(사실 냉우동이 남바완이다)가 맛있는데 음악도 맛있으니 안 갈 이유가 없었다. 밥을 먹는 짧은 시간 동안 카미야에서는 누자베스, 스파이에어, 세카이노 오와리, 원오크락, 레메디오스, 요네즈 켄시가 나왔고 때로는 동방신기나 방탄소년단의 일본어 버전 곡을 들을 수도 있었다. 시티팝이라든가 시부야계 음악이 나왔다

---

* 일본의 국민 아이돌 그룹. 대형 기획사 '쟈니스' 소속으로, 드라마 〈꽃보다 남자〉의 도묘지로 유명한 마츠모토 준이 속해 있다. 2020년에 활동을 잠정 중단했다.

면 안 갔을지도 모른다. 들어갈 때 '이랏샤이마세'를 외치지 않는 것도 좋았다.

그렇게 카미야 문턱을 드나드는 동안 나는 서른이 되었고, 인간은 서른 즈음이 되면 듣던 곡만 듣는다는 연구 결과를 본 적 있기에 이쯤에서 나는 끝이 아닐까 생각했다. 인생에서 더 이상의 음악 업데이트는 없다고. 있어도 가물에 콩 나듯 있을 거라고. 때마침 벽걸이 시디플레이어가 생겨서 음반을 사기 시작했는데 그 또한 지금껏 좋아해온 곡들을 실물로 사 모으는 일에 머물렀다.

그러다 드럼을 배우기 시작했고 내 음반 수집은 별안간 부스터를 달고 나아가기 시작했다. 음악을 듣는 방식에도 약간의 변화가 생겼다.

원래 내가 음악을 듣는 방식은 이렇다. 어느 한 곡에 꽂히면 오직 그 곡만 반복 재생하며 가사와 뮤직비디오를 찾아본다. 그다음 해당 곡이 수록된 앨범을 벅스에서 통째로 들으며 거기에 달린 댓글을 살펴본다. 우리나라 최초의 음원사이트답게 2000년대 초반 댓글도 남아 있는데, 행운의 편지류부터 팬심으로 싸우는 댓글들을 보면 웃음이 난다. 좋은 음악을 듣는 귀는 비슷한지 타이틀곡 외에도 몇 번 트랙이 좋다는 댓글을 따라 들으면 진짜로 좋은 경우가 많다. 이쯤 되면 벅스가 내가 듣는 음악과 비슷한 아티스트를 친절히 추천해준다. 그렇게 내 플레이리스트로 들어온 곡의 실물 음반이 있는지 검색해서 있으면 사고 없으면 빠르게 포기한다.

드럼을 배우고 나서는 이 과정에 하나가 더 추가되었다. 곡에서 드럼이 언제 어떻게 연주되는지 유심히 듣는다. 드럼 커버 영상이 있는지 유튜브에 검색해본다. 지구상 어딘가의 한 명은 반드시 내가 찾는 영상을 올려놓기 때문이다. 역시 있다. 본다. 나도 해볼 수 있을 거 같다는 생각이 들면 선생님께 배우고 싶은 곡이라고 말씀드린다. 또 선생님이 알려주시는 아티스트는 너무 많고, 그런데 너무 좋고, 그런데 계약이 만료되어 음원사이트에서 사라지는 곡이 너무 많으므로 실물 음반이 있다면 꼭 사들인다. 알라딘과 예스이십사 온라인 중고, 중고나라와 일본 구매대행을 적극 이용한다.

음악 세계가 다시 한번 크게 확장되었다. 이번엔 대폭발이다. 끝이라고 생각했던 곳에 시작이 있다니. 음악을 좋아한다는 건 그저 반복적으로 많이 듣기라고 생각했는데 이제는 '이 곡을 연주해볼 수 있을까?'를 고민하게 되었다. 오랜 시간 가사에만 기울였던 귀를 드럼 소리가 나는 쪽으로 돌렸다. 드럼이

독보적으로 귀에 띠는 곡이면 그건 그것대로, 잔잔히 깔려 있으면 그건 또 그것대로 잘 듣고 싶어졌고 음악을 듣는 시간이 아주, 아주 많이 늘었다.

오래전 주황색 엠피스리는 모습만 조금씩 바뀌가며 언제나 내 곁에 있었다. 나는 그때나 지금이나 어엿한 생활음악인인 것이다. 특정 곡을 들으면 순식간에 어느 시절로 돌아갈 수 있고, 밥을 먹을 때 귀도 잘 열어두며, 적극적으로 좋은 음악을 찾아 음악 세계를 키울 줄 아는. 생활음악인이라는 정체성이 새로 찾은 게 아니라 원래 내 안에 있었으나 잠시 잊고 살았을 뿐이라는 사실이 아주 마음에 든다. 오늘도 벅스에 하트를 눌렀다. 오늘의 하트를 받은 아티스트는 플라워타운. 이제 이들의 곡을 들을 때 나를 떠올리는 사람이 분명 있을 것이다. 내가 어떤 곡들을 보고 싶은 누군가와 연결 짓고 사는 것처럼.

떨림의 연속

코로나 바이러스가 창궐한 뒤로 일생일대의 무미건조한 시기를 보내던 나는 드라마 〈슬기로운 의사생활〉을 챙겨 보는 것이 유일한 낙이었고, 모처럼 드라마에 나온 내 오랜 이상형 유연석이 드럼을 치는데, 와. 매분 매초 뛰고 있는 심장이지만 새삼 심장의 존재를 제대로 느꼈다. 재밌는 게 널린 시기에 그 모습을 봤더라면 아, 멋있네, 정도에서 떨림은 멈췄을 것이다. 이번엔 달랐다. 드럼 치는 모습이 너무 행복해 보이는 게 아닌가. 저게 저렇게 재밌나? 수술을 집도할 때 멋있다고 해서 내가 의사가 될 것도 아니고, 키스할 때 멋있다고 해서 나도 당장 키스를 할 건 아니지만, 드럼은 칠 수 있잖아. 망설일 이유가 없었다. 회사가 홍대 앞이니 어디 하나는 배울 곳이 있겠지 싶었고, 번갯불에 콩 볶듯 그다음 주 나는 드럼 앞에 앉아 있었다.

첫날 스틱 잡는 법을 배워 스네어드럼을 내려치던 순간이 아직도 생생하다. 스틱 끝에서 내 손으로 올라오는 떨림은 태어나 처음 느끼는 감각이었다. 당연했다. 드럼을 가까이에서 본 것도, 그 앞에 앉아 본 것도, 스틱을 쥐어본 것도 모두 난생처음이었다. 그 떨림이 몸 전체에 퍼지던 순간, '나는 영원히 드럼과 함께할 거야'라는 종소리 같은 건 당연히 안 들렸다. 다만 드럼 소리를 오래 들을 것 같다는 예감이 들었다. '인생 첫 ○○'의 자리에 '드럼'이라는 단어를 넣는 중대한 순간에 나는 신이 나서 콧구멍이 자꾸만 커지고 입꼬리가 씰룩거렸다. 그 후로도 꽤 오랫동안 레슨실을 나올 때면 어릴 때 방방을 타다가 땅을 디뎠을 때처럼 몸이 이상했다.

스틱을 따라 손끝에 전해지던 떨림은 실은 아주 일부에 불과하다. 드럼은 한 번 칠 때마다 소리의 음량만큼이나 큰 진동이 따라오는데, 그 진동은 내 몸의 외피 전체를 순식간에 뚫고 들어와 온몸을 통과한다. 베이스드럼 페달을 밟을 때 발끝에서 올라오는 묵직한 진동은 허벅지 즈음에서, 크래시심벌이나 라이드심벌을 칠 때의 청량하고 비교적 가벼운 진동은 머리 위로 빠져나가는 듯하다. 이 진동은 볼륨과 연관이 있다 보니 공연 시 다른 악기와의 사운드 밸런스나 곡의 분위기를 위해, 혹은 연습실의 방음 문제 때문에 드럼의 볼륨을 줄여야 할 때면 베이스드럼 안에 뽁뽁이 같은 걸 넣거나 스네어드럼 윗면의 테두리에 스네어웨이트나 뮤트젤을 붙이기도 한다. 연주하는 드러머를 보면 심벌을 치고 나서 손으로 빠르게 잡는

경우가 있는데, 이 또한 서스테인(sustain)*을 임의로
줄여서 볼륨을 줄여 없애는 것이다.

아무튼 이렇게 볼륨을 조절하는 정식 도구들과
보충재를 채워 넣는 팁이 따로 있을 정도로 드럼은 소
리와 진동 모두 존재감이 크다 보니 다른 악기들보
다 세 배 정도의 방음을 필요로 한다. 드럼이 들어갈
수 있는 음악 연습실이 많지 않은 것도, 공연 무대에
서 저 뒤쪽에 묵묵히(어둡게), 또 묵묵히(가만히) 있
는데 아크릴 가림막까지 설치하는 것도 같은 이유다.
소리가 가림막에 부딪혀 앞으로 너무 세게 퍼지지 않
고 위로 솟도록 하기 위해서다.

드럼을 칠 때 내 몸을 통과하는 소리는 드럼뿐
만이 아니다. 옆에 세워진 스피커에서 나오는 노래도
함께다. 노래를 틀고 거기에 맞춰 연주를 하다 보면
노래랑 하나 되었다는 느낌보다는 노래에 포옥 둘러
싸인 기분이다. 그럴 때면 눈앞에 금세 상상의 밴드
멤버들이 등장한다. 그러면 나는 또 심장이 떨린다.
드럼은 밴드에서 악기들을 이끄는 중추 역할을 하므
로 다른 악기들보다 종잇장 한 장이라도 앞서서 박자

* 음이 일정하게 지속되는 길이.

를 끌고 나가야 하기 때문이다. 선생님은 동그란 음표의 앞쪽을 베어 무는 기분으로 박자의 앞쪽에 붙어 연주하라고 했다. 그러면 다른 악기들이 드럼 소리에 맞춰 연주 속도를 맞출 거라고.

　이제 드디어 스피커에서 나오는 음악이 공기를 타고 내 귀에 닿아 뇌가 그 소리를 인지하고 몸에 명령을 내려 첫 박을 치는 순간, 상상의 멤버들이 악기를 내려놓는다. '왜 그래?'라고 묻고 싶지만 이미 안다. 찰나의 순간으로 박자를 놓쳤기 때문이다. 노래가 시작됨과 동시에 드럼을 치려고 하면 때는 이미 늦어서, 한번 늦어진 박자는 계속 밀리고, 그걸 또 나대로 따라잡으려다 보면 갑자기 빨라진다. 듣는 사람이 뭔가 묘하게 불안해지는 것이다. 긴장감 때문에 내 몸에는 힘이 더 들어가고, 그러다 보면 애석하게도 음악이 잘 안 들리는 지경에 이르는데, 그러면 노래는 노래대로 나는 나대로 각자의 길을 걸어가는 불상사가 생긴다(〈라디오스타〉 751회에서 표창원과 권일용이 함께 부른 〈킬리만자로의 표범〉 참고. 이들은 노래뿐만 아니라 서로에게서도 자유롭다. 그렇지만 무척 행복해 보인다는 것도 기억해주시길).

　처음엔 음악을 느끼기는커녕 안 틀리게 치느라

바빠 죽겠더니 시간이 쌓여갈수록 귀가 트이고, 자연스레 좋아하는 소리도 생겼다. 드럼이 내는 소리 중에서 내가 가장 좋아하는 건 플로어탐이다. 발을 굴러 치는 베이스드럼 다음으로 낮은 음을 맡고 있는, 드럼세트의 가장 오른쪽에 있는 큰북이다. 사람의 심장소리를 닮아서인지 들을 땐 마음이 편안해지지만 칠 때는 특유의 묵직한 울림에 내 심장마저 쿵쿵 요동친다. 치는 자세도 기본 연주보다 살짝 더 오른쪽으로 몸을 비틀어야 하는데 그 자세마저 멋있으니 플로어탐을 치는 순간만큼은 뭔가 좀 하는 드러머가 된 기분이다.

그다음으로 좋아하는 소리는 라이드심벌의 꼭지 주변을 치는 벨이다. 생김새를 보면 왜 벨이라는 이름을 붙였는지 단박에 알 수 있다. 라이드심벌 한가운데 약간 볼록 튀어나온 곳을 치면 진짜로 무척 맑고 경쾌한 벨 소리가 난다.

누군가는 별빛이 부서지는 듯 청량한 라이드심벌 소리를 좋아하고, 드럼의 가장 기본인 스네어드럼 소리를 좋아하는 사람도 있으며, 스트레스를 한 방에 날려주는 크래시심벌 소리를 좋아하는 사람도 있다. 한 악기를 두고 심장이 떨리는 포인트가 제각각이라는 점은 언제 들어도 무척 재밌다.

제때 잘 '떨려면' 절제도 잘해야 한다. 드럼을 마냥 필 가는 대로 치는 줄 아는 이들이 있을 텐데 천만의 말씀. 불필요한 동작을 줄여야 곡에 제대로 감응할 수 있고, 불필요한 떨림을 줄여야 음이 흔들리지 않는다. 스틱으로 드럼을 치고 나면 당연히 반동으로 튀어 오르는데, 그 또한 일정한 높이에서 일정하게 멈출 수 있어야 소리도 알맹이 있게 들린다. 드럼은 우리가 생각하는 것보다 훨씬 섬세한 악기라 연주할 땐 꽤 괜찮게 들려도 녹음을 해서 다시 들으면 그렇게 적나라할 수가 없다. 자신 없이 망설였던 부분, 삑사리 났던 부분, 박자가 밀렸던 부분, 힘 조절을 골고루 하지 못했던 부분이 세세하게 들통난다. 언제나 떨림의 연속이지만 불필요한 긴장을 줄이고 침착할 것. 침착하지 않아도 침착한 척할 것. 드럼 앞에 앉는 이들에게 주문되는 내용이다.

한 곡 떼기

오늘은 지난주에 예고받은 곡을 배우는 시간이다. 워낙 많이 들었던 곡이라 따로 시간을 내어 들을 필요가 없어 좋았다. 지난주에 맛보기로 악보를 보여주실 적엔 분명 한 장이었는데 선생님의 "짠~" 소리와 함께 뒷장이 튀어나온다. 나는 무덤덤하게 "어, 더 있네…"라고 읊조리지만 사실 소리 없는 아우성이 바깥으로 살짝 샌 거다. 속으로는 머리를 쥐어뜯으며 '왜? 왜 한 장으로는 어떻게 안 되는 거야? 왜왜왜!!!' 하고 소리친다. 하지만 내가 배우고 싶다고 한 곡이기에 표정 관리를 잘해야 한다. 나는 기쁘다. 나는 행복하다.

대부분의 악보 두 번째 장은 여백이라곤 없이 음표와 기호가 빼곡하다. 노래의 기승전결에 따라 절정 상태에서 곡의 감동을 끝까지 밀어붙이는 경우가 많기 때문이다. 오늘부터 배울 곡은 빅베트의 〈무지개 소년〉. 가사가 좋아서 힘이 없는 날에 특히 많이 들었다. 나는 "일곱 개 강을 헤엄쳐 다섯 개 바다를 지나" 여기 앉아 있다.

지치지도 않고 매번 놀라는 일이지만 드럼 앞에 앉아 음악을 들을 때면 평소보다 훨씬, 훠어얼씬 빠르게 들린다. 그리고 무척 입체적이다. 같이 드럼을 배우는 친구가 만날 때마다 내게 인사 대신 건네는 말이 있다. "너 그 곡 했어? 그게 이렇게 빨랐나? 미쳤나 봐…." 보컬의 나른한 목소리와 다른 악기(특히 기타) 소리에 깜빡 속아 세상 감미롭고 달콤하게 들리던 음악들, 심박수까지 차분하게 내려주던 그 음악들은 사실 다 '훼이크'였다. 이들은 쉴 틈 없이 몰아치는 드럼 파트를 품고 있었음을. "정승 님, 기타 따라가지 마세요!", "정승 님, 보컬 따라가지 마세요!" 가지 말라고 붙잡는 애절한 목소리를 그 누구도 아닌 선생님으로부터, 그 어디도 아닌 레슨실에서 가장 많이 들었다. 다른 악기들이 얼마나 느려지고 빨라지건 간에 드럼은 드럼의 길을 가야 한다. 듀엣을 하듯이, 귀를 절반만 열고서.

새로운 곡을 시작할 때엔 늘 선생님의 시범 연주로 시작한다. 주섬주섬 자리에서 일어나 자리를 비켜드리고, 바로 옆 의자에 앉아 오늘도 의심의 향연을 펼친다. 스틱이 다른 거 아닌지, 악보에 진짜 있기나 한 구간인지, 어째서 드럼에서 나오는 음량이 다른지. 선생님은 당신이 지금 치는 구간을 악보랑 비교하면서 들으라고 짚어가며 연주하지만 내게는 그저 공연 직관 시간이다. 감탄하며 멍하니 보다가 연주가 끝나면 뜨겁게 박수를 치고는 뭔가를 알아들은 척한다. 갑자기 크게 고개를 끄덕이며 잘하겠다는 의지를 표명하기도 한다. 다시 자리를 바꿔 앉아 이번에는 곡에서 배워야 하는 중요한 포인트들에 대해 듣는다. 틀리기 쉬운 함정에 대해 주의를 듣는 시간이지만 가만 생각해보면 이 함정도 선생님이 파놓은 거다. 이런 것들이다. '발손발손'이 몇 마디 잘 이어지다가 갑자기 '발손발없음손'으로 바뀐다든가, 손이 '오른왼오른왼오른왼'이었다가 '오른왼오른왼오른오른'으로 바뀌어 있고, '쿠웅따아쿵따웃따아'가 '쿠웅따아쿵딱쿵따아'로 바뀌어 있는 식이다. 어? 하면서 방금 지나온 한 줄을 다시 읽은 분들이 있을 테다. 악보나 글자로 보면 그게 그거 같지만 실제로 들으면 이 변형의 존재감이 무척이나 뚜렷하고 심지어는 곡의 핵심 매력 포인트가 되는 경우도 많아서 얼렁뚱땅 뭉치고 넘어갈 수도 없다(다만 틀리면 틀린 대로 당황하지 말고 안 틀린 척 넘어가야 한다. 그러면 사람들이 진짜 모를 수도 있다. 영화 〈드럼라인〉에서도 선배가 새내기 드러머들에게 스틱을 놓쳐도 절대 줍지 말고 연주하는 흉내를 내라고 한다).

선생님의 시범 연주에 이어 악보의 초견(初見)

을 시작한다. 말 그대로 처음 악보를 보면서 일단 연주하는 것이다. 1절 정도까지는 어찌저찌 치면서 나아간 다음 한 번 끊고서 다시 처음으로 돌아온다. 첫 번째 마디와 두 번째 마디를 각각 연습한 다음 두 마디를 붙여서 연주한다. 세 번째, 네 번째 마디도 마찬가지. 그렇게 연습한 다음 네 마디를 이어 붙여 악보 한 줄을 완성한다. 아랫줄로 내려갈 때, 멀리 나아갔다가 도돌이표를 보고서 시작점으로 돌아와야 할 때 여기서 조심해야 한다. 눈이 길을 잃기 때문이다. 다음 마디 연주가 무엇인지 연결하여 미리 악보 읽는 연습을 해야 실수가 없다. 그렇게 차근차근 이어왔더니 어느새 두 번째 장 마지막 줄에 다다랐다…면 좋았겠지만 대충 전체를 치고 나서 이따 하나씩 꼼꼼하게 체크해야지, 하고 어물쩍 넘어가려다가 선생님께 걸린 적이 한두 번이 아니다. 방금도 붙잡혀서 한 음 한 음 꼼꼼하게 찍어 누르듯 치라는 소리를 들었다.

연습을 해도 해도 안 되는 구간에 대해서는 두 가지 처방을 받는다. 첫째, 입으로 소리 내면서 친다. 머리로는 손 다음에 발이 오는 걸 알고, 오른손 다음에 왼손이 온다는 걸 알지만 뇌의 신호가 몸의 말단까지 미처 전해지지 않나 보다. 내 몸에 내가 성질나기 시작한다. 선생님이 옆에서 "자, 따라 하세요" 하고 입으로 먼저 읽는다. "쿵쿵 따웃따 쿵따 칙 따 웃따." 어쩐지 민망해서 작게 따라 하지만 입으로 소리를 내면서 연주하면 진짜로 틀리지 않는다. 내 몸이 이렇게 단순하다고? 이게 무슨 귀신이 곡할 노릇이람. 둘째, 악보를 변경한다. 안 되거나 자꾸 까먹는 부분, 연주하기엔 괴롭지만 사실 곡에선 없어도 무방한 부분은 과감히 삭제하기도 한다. 스승께서 힘들어하는 나를 굽어보시고 없애주신 음표가 몇 개더라.

그렇게 은혜를 베푼 선생님은 혼자 연습 좀 하라며 잠시 레슨실 바깥으로 자리를 피해준다. 평소에 나는 문이 닫히자마자 딴짓을 시작한다. 완벽히 소울풀한 드러머로 바뀌는 거다. 그간 영상에서 봐왔던 멋진 퍼포먼스를 흉내 내고 악보를 느끼는 척 스틱을 대충 휘갈긴다. 흉성과 두성을 오가며 노래도 부른다. 하지만 오늘은 진짜로 안 풀리는 날이라 선생님 앞에서 못 냈던 온갖 짜증을 분출하면서 정석으로 연습했다. 으아아아아! 그러고는 이내 문을 열고 말했다. "그만하겠습니다." 선생님이 어이없어하며 다시 들어오셨다.

연주가 얼추 손에 익었다. 이제 세밀한 조정을 할 시간. 노래의 분위기와 기승전결에 맞춰 강약을 조절한다. 〈무지개 소년〉은 중간에 가사 없이 기타 솔로가 이어지다가 드럼이 크레센도로 들어가는 구간이 있어 그 부분을 코치받았다. 연이어 나오는 심벌을 오른쪽만 치지 않고 양쪽 번갈아 가면서 치는 것으로 바꿨다. 그 편이 더 멋지기 때문이다. 여기까지 오면 오늘도 그릇 하나를 다 빚은 셈. 흙을 왕창 떼서 주무르고 깎아 세밀하게 다듬는 과정이며 물레를 돌리는 자세가 드럼을 배우고 치는 것과 무척 닮았다고 종종 생각한다.

수업 한 번 만에 한 곡을 뗄 때도 있지만 한 곡만 4개월 넘게 친 적도 있다. 서태지와 아이들의 〈우리들만의 추억〉이 그랬다. 나는 이 곡을 뗀 이후로 두 번 다시 듣지 않고 있다. 왜냐면 나 빼고 추억을 만든 것 같아서…. 그렇지만 반박할 수 없게도 내 드럼 실력은 〈우리들만의 추억〉 전과 후로 나뉜다. 너무 힘들게 배운 덕분에 인내심도 체력도 늘었다. 내려치는 손에 힘이 확실히 붙었고 속도가 빠른 곡을 칠 때도 박자가 덜 밀리게 되었다. 그런가 하면 최근에는 김광진의 〈동경소녀〉를 끝내 중도 하차했다. 요령이 안 생겨서 빠른 속도를 힘으로 이기려다 보니 손목과 팔이 너무 아팠기 때문이다.

진도가 더디게 나갈 때면 선생님은 "잠깐 5초만 쉴까요"라고 말한다. 5분도 아니고 5초라니. 쉬는 시간을 조금이라도 더 끌고자 그날 있었던 일이나 가벼운 고민을 선생님께 이야기할 때가 있는데, 뜻밖의 위로나 해결책을 얻은 적이 많다.

　　어지러운 수수(쨍-)께끼도
　　어둠의 끔찍한 괴물도(웃쿵따아쿵따웃따)
　　단숨에 해치(쨍-)워버린
　　나는 무지개 소년(찰찰찰찰찰찰찰찰따웃따
　웃따쿵따웃따)

　　〈무지개소년〉의 위 구절에서는 시원한 크래시 심벌이 모두 한 박자 늦게 들어간다. 내가 노래를 열창하느라 놓친 게 아니다. 첫 박이 아닌 두 번째 박에서 나오는 크래시심벌은 노래를 좀 더 극적으로 만들어준다. 나 또한 순간적으로 숨을 참았다가 시원하게 내려친다. 만화에서 주인공이 기를 모아 악당을 물리치듯이. 스트레스는 이런 식으로 풀린다.

　　처음 드럼을 배울 때엔 싫어하는 사람을 떠올리며 빡빡 내려칠 줄 알았는데, 그럴 새가 없다. 지금 나오는 곡을 어떻게 잘 칠지만 생각하고, 팔을 이리저

리 뻗고 발을 구르느라 바쁘다. 꼬리를 무는 후회나 아쉬움을 심벌이 쨍 하고 끊어주고 베이스 페달은 정신 차리고 노래 속으로 들어오라며 나를 팡팡 두드려 깨운다. 그렇게 낸 소리들이 흩어지는 동안 내 고민들도 같이 흩어진다.

오늘도 스틱을 들고서 실체 없이 괴롭히던 어지러운 수수께끼와 어둠의 끔찍한 괴물들을 단숨에 해치웠다. 노래는 이야기한다. "빨강 파랑 초록 보라 모두 나인걸, 주황 노랑 검정 하양도. 세상 모든 색과 반짝임이 바로 나인걸. 그리고 나는 나는 바로 너인걸."

이건 아직 나의 에피소드지만 이제 당신의 이야기가 될 수도 있다.

닳기를 바라는 마음

레슨실에는 수십 개의 드럼 스틱이 가지런히 놓여 있다. 그것들은 저마다의 빛깔을 띠고서 자기만의 시간을 간직한 채 조용히 낡아 있다.

스틱은 나무로 만들어진 소모품이라 쓰면 쓸수록 결이 일어나고 끄트머리인 팁 부분이 조금씩 깨지며 떨어져 나가는데, 그게 그렇게 멋져 보일 수가 없었다. 스틱을 빌려 쓰던 한 달의 수업이 끝나자마자 나는 빅퍼스사에서 나온 아메리칸클래식5A*를 샀다. 공장에서 막 나온 듯한 새것의 느낌이 어쩐지 쑥스러워서 '흠, 사포로 슬쩍 문대버려?' 하고 진지하게 고민한 적도 여러 번. 무언가를 아끼게 되면 낡지 않길 바라며 애지중지하는 게 보통이지만 스틱만은 얼른 닳아버리기를 자주 바랐다.

드럼을 시작하고 한 1년까지는 드럼 치는 사람이라는 걸 동네방네 자랑하고 싶어서 레슨실에 두고 다녀도 되는 스틱을 기어코 들고 다녔다. 그저 막대기로 보일 수 있는 버트 부분 대신 동그란 팁이 빼꼼 그러나 정확하게 눈에 띄도록 신경 쓰면서.

---

* 가장 보편적으로 쓰이는 드럼 스틱. 숫자는 스틱의 무게를, 알파벳은 스틱의 두께를 뜻한다. 숫자가 작을수록 무겁고, A보다 B가 더 두껍다.

드럼 스틱은 나무로 만들어진 약 40센티미터 가량의 막대기로, 끝에서부터 팁-숄더-바디-버트라고 부른다. 대개는 팁이 드럼에 닿는 연주를 보아온 게 익숙해서 그 부분만 사용한다고 생각하지만, 숄더 부분으로 밀듯이 치기도 하고, 스틱을 거꾸로 뒤집어 잡아 스네어의 둘레를 치는 림샷을 연주하다가 바로 잡을 새 없이 그대로 뒤쪽 버트를 팁처럼 써서 연주하기도 한다. 또 새끼손가락 한 마디도 채 안 되는 팁 부위를 세밀하게 나누어서는 팁이 닿는 면적을 더 줄이거나 때론 최대한 넓게 닿도록 치기도 한다. 끝에서 끝까지 어느 곳 하나 빠짐없이 닿아가는 스틱을 보고 있으면 이 막대기 하나를 어쩜 이렇게 야물딱지게 뽕을 뽑나 싶어 감탄이 절로 나온다.*

스틱은 드럼에 닿는 위치 또한 매우 중요하다. 스네어는 정확히 가운데를 겨냥해야 가장 맑고 예쁜 소리가 나며 필요에 따라 중심을 벗어난 부분을 치기도 하지만 이건 고급 기술이다. 심벌은 중심에 가까

---

*   기본 스틱 외에도 곡에 어울리는 소리를 내기 위한 재미난 스틱들이 있다. 재즈 연주에 주로 쓰이는 빗자루 모양의 브러시(와이어, 대나무, 나일론 등 재료가 다양하다), 면봉처럼 솜뭉치가 팁에 붙어 있는 말렛, 얇은 스틱을 여러 개 모아 묶은 로즈스틱 등.

운 곳을 칠수록 소리가 단단해지고 피치(음높이)가 올라가며 서스테인이 짧아진다.

스틱이 드럼을 쳐서 내는 소리도 아름답지만 스틱끼리 부딪히는 소리도 참 알지다. 따라락, 따락, 똑똑. 무대가 시작될 때 예비 박을 넣는 그 소리는 가볍고도 속이 꽉 차 있다. 깔끔하고 정직한 이 소리를 들으면 마음이 편안해지는데, 아는 소리지만 일상에선 듣기 어려운 것이 마치 목탁 소리 같기도 하다.

때때로 선생님의 시범 연주를 볼 때면 스틱이 좀 다른가 싶을 때가 있다. 스틱이 드럼에 훨씬 쫀득하고 무겁게 떨어지기 때문인데, 의심의 눈초리로 스틱을 집어 들면 내 것과 똑같아서 어리둥절함은 번번이 내 몫이었다. 차이는 손목 스냅과 속도에 있다. 스틱은 손목을 잘 활용해서 고무줄 당기듯이 들어 올렸다가 팍 놓듯이 쳐야 하는데, 많은 초보자들은 팔까지 활용해서 스틱을 드럼에 슥 가져다 얹는 식으로 연주를 한다. 나 또한 초보자의 정석 코스를 죄다 밟은 모범생으로, 지금에 와 예전 영상들을 보면 로봇이 삐릭삐릭 팔을 뻗어가며 드럼을 치는 모습이다. 고무줄 당기듯 쳐라, 누가 내 손목에 끈을 매달아 들어 올린다고 생각해라, 뭉개지 말고 또박또박 쳐라, 팁에 추가 달려 있다고 상상하며 최대한 늦게 들어라… 꼭 연기 수업에 온 듯한 가르침 속에서 일정하게 소리 내는 법과 각도를 유지하는 법을 배우고, 자세의 군더더기를 깎아내는 연습을 했다. 그러는 동안 스틱도 조용히, 나뭇결을 일으키고 부서지며 자기 몸에 나의 시간을 기록하고 있었다.

연주를 하다 보면 스틱을 떨어뜨리는 건 예사고 스틱이 날아갈 때도 있으며(여기까진 나도 해당된다) 부러지기도 한다. 실제 공연에서 그런 일이 생기면 어떡하냐고 선생님께 여쭸더니 보통은 맨 오른쪽 플로어탐 옆에 스틱을 하나 더 걸어두거나 보면대 밑에 하나 더 둔다고 한다. 연주를 하다 떨어지거나 부러지면 한 손으로 리듬을 치면서 얼른 집어 든다고. 들으면서 정말이지 멋짐이 너무나 지나치다고 생각했다. 유연함과 의연함이 공존하는 순간은 격정적이고도 우아하니까.

내 스틱은 내가 드럼을 치고 있다는 거의 유일한 증거이기도 하다. 서울특별시에 사는 30대 초반의 1인 가구로서 드럼세트를 집에 놓을 수 있는 형편이 못 되기 때문이다. 지금 내게 허락된 건 스틱과 악보 노트와 연습용 드럼패드 정도랄까. 선생님은 이제 연습패드도 샀으니 집에서 연습 좀 하라고 슬쩍 압박하셨지만 나는 슬쩍 흘려듣고서 핸드폰 충전 거치대로 잘 쓰고 있다.

수업이 끝나고 스틱을 정리하다 보니 숄더 부분에 자국이 더 깊게 패어 있다. 이 스틱은 언젠가 제 수명을 다하겠지만 드럼과 나 사이의 첫 연결고리라는 점에는 변함이 없다. 비유이면서 실제로 그렇다. 드럼은 스틱을 통해 몸이 직접 닿지 않은 채로 연주하는 악기니까. 그 적당한 거리감에 매번 놀란다. 나는 스틱을 통해 드럼에 닿지 않고서도 드럼 속에 있다. 닿지 않으면서 완벽히 닿아 있는 이 모순이 마음에 든다.

수작업 악보

드럼 선생님은 말과 행동에 군더더기가 없다. 수업 악보, 음악 영상, "요즘 무슨 음악 들으세요?"라는 질문. 이 세 가지가 오랜 시간 선생님과 내가 주고받은 것의 거의 전부다. 요즘 무슨 음악을 듣느냐는 물음으로 학생의 취향을 파악해 가르칠 곡을 고르고, 수업이 끝나면 그날 배우기 시작한 악보와 같이 들으면 좋을 음악 영상을 보내주시곤 한다.

레슨실의 드럼 스틱들 위칸에는 수십 권의 악보 노트가 있는데 선생님이 학생 개개인에 맞춰 직접 그린 수업용 악보다. 10년이 훌쩍 넘은 시간을 묵묵히 견딘 노트들은 양피지처럼 노랗게 바래서 만지면 바스러질 듯 위태로워 보이기도 한다.

수업은 선생님이 커리큘럼 내에서 필수로 정한 곡에 학생들이 저마다 배우고 싶어 하는 곡을 보태는 식이다. 내가 연주해보고 싶은 두세 곡 정도를 선생님께 알려드리면 언제가 되었든 얼마 후 그중 한 곡의 악보를 받는다. 혹시나 싶어 말해두자면 배우고 싶은 곡만 배울 수 있는 건 아니다. 단계별로 반드시 배워야 하는 곡을 서너 곡 정도 떼면 '내 차례'가 돌아온다. 그렇기에 선생님을 따라 여러 곡을 뗀 후엔 선생님 입에서 어떤 곡이 나올지 입매를 주목해서 보게 된다. 내가 오래 아껴 들었던, 그래서 직접 배우고 싶다고 결심한 곡의 악보를 받을 때면 작은 소원 하나를 이룬 기분마저 든다.

매번 보면대에 올라오는 악보들은 하나도 빠짐없이 손으로 그린 것이었다(직접 배우기 전까지는 당연히 피아노처럼 드럼도 시중에 파는 교본집으로 배울거라 생각했다). 내가 수강생 중 최초로 신청한 덕분에 해당 곡의 첫 악보를 받아본 적도 있다. 어째서 이 모든 악보를 손으로 직접 그리시는 거냐고 여쭌 적이 있는데 선생님은 수업의 최종 목적이 있다면서 "자신이 좋아하는 음악을 듣고 직접 악보를 그릴 줄 아는 삶을 알려주고 싶다"고 했다. 그런데 선생이 프린트된 악보를 주면서 학생들한테만 악보를 그리라고 하면 그리겠냐고, 보고 배운 게 있어야 조금씩 따라 그리지 않겠느냐고 했다.

맞는 말이다. 드럼을 배우기 시작한 첫날 나는 새 음악 노트를 선물받고 악보 그리는 법을 배웠다.*

---

* 다른 악기를 배울 때와의 큰 차이점은 악보를 읽는 법이다. 드럼은 리듬악기이므로 오선악보의 각 줄과 칸은 음계가 아니라 쳐야 하는 드럼세트의 구성 악기를 가리킨다.

일곱 살 때 피아노 학원에서 배운 적이 있지만 새삼 너무 낯설었다. 4분음표, 8분음표, 온쉼표, 크레센도, 셋잇단음표, 당김음…. 요즘엔 좀 뜸해졌지만 드럼에 대한 열정이 절정에 달했을 땐 수업 때 받은 악보들을 몽땅 다시 따라 그렸다. 그렇게 악보를 그리다 보면 곡의 구조를 파악할 수 있었다. 전체가 몇 분인지, 인트로와 아웃트로는 어디서 시작해 어떻게 끝나는지, 대충 똑같은 반복이라고 생각했던 구절이 A, A′, B, B′로 명확하게 나뉘어 있음이 마디마디 착실히 표시되어 있었다. 음악을 들으면서 곡의 매력 포인트라고 생각했던 구간이 드럼세트의 어떤 악기에서 내는 소리인지, 그걸 어떤 주법으로 쳤는지도 이해했다. 이를 토대로 나중에 비슷한 곡을 연주할 때면 '그때 필인(fill-in)*을 여기에 써도 좋겠다'고 나름 응용할 줄도 알게 됐다. A4 용지보다 큰 악보를 양면으로 그리다 보면 손목도 점점 아파오고 언제 다 채우나 싶어 귀찮아지곤 했지만 그럴 때면 '어휴… 선생님도 그렸는데…' 하면서 일단은 끝까지 따라 그리고야 마는

---

*   보통 네 마디 또는 여덟 마디의 마지막 마디에서 반복되는 연주 끝에 채워 넣는 변형 연주. 곡의 분위기와 구간 전환에 효과적인 테크닉적 애드립이다.

것이다.

　　악보를 보면서 나는 비로소 곡을 이해하고, 선생님은 곡을 이해한 채로 악보를 그린다. 노래가 들리는 그대로 악보에 받아 적는 일을 '카피'라고 하는데 짧게는 수십 분, 길게는 틈틈이 며칠에 걸쳐 그린다고 한다. 원곡의 주법을 그대로 받아 그리는 것도 의미 있겠지만, 선생님이 그리는 악보는 대부분 받는 이에게 맞춰 변형된다. 이 곡에선 이 주법을 배워야 하니 여길 강조해야겠군, 이 부분은 좀 어려울 테니 빼고, 정승 님이라면 이 정돈 할 수 있을 거야…. 이런 식으로 원곡의 느낌을 해치지 않는 선에서 학생에 맞춰 악보를 더하거나 덜어낸다. 이 과정은 취향이 아닐지라도 한 곡을 귀 기울여 끝까지 듣고 몇 번이고 되감아 들으며 곡의 장점을 발견하는 일이자 자신이 이해한 것을 상대방의 눈높이에 맞춰 오해 없이 전달하는 일이다. 이것은 우리가 살아가면서 나누는 좋은 대화와 닮아 있다. 레슨실에서 삶의 대화는 악보를 통해 이뤄진다. 책방에서 내가 읽었던 책의 좋은 구절로 독자와 대화를 트고 서로를 알아가듯이.

　　일단 그렇게 그려진 악보는 수업 시간에 조금 바뀌기도 한다. "이 부분 발은 아무래도 빼는 게 낫겠어요. 여기는 하이햇 말고 라이드로 바꿀게요. 여기 필 인은 이렇게 쳐볼까요." 이런 대화가 오가는 동안 검고 흰 악보 위로 파란색, 빨간색 표시가 더해진다. 연주가 어려워 씩씩대던 나는 바꿔도 된다는 선생님의 허락이 떨어지자마자 빡빡 줄을 그어 음표를 없애기도 하고, 때로 선생님이 나의 가능성을 높이 사서 악보를 즉흥적으로 더 어렵게 바꾸면 나는 뭉크의 절규하는 사람이 되어 그 모습을 망연히 지켜본다.

악보에 덧대어진 표시를 보면 그래서 반갑다. 나보다 앞서서 이 악보를 온몸으로 소화하고 지나간 누군가가 있다는 뜻이기 때문이다. 그럴 때면 나는 꼭 선생님께 이 곡을 마지막으로 가르치신 게 언제냐고 묻는다. 누군가가 같은 곡을 '진짜로' 거쳐 갔구나 싶어서다. 개인 교습이다 보니 실제로 만나는 건 선생님뿐이라 늘 악보로만 이어진 이들이 궁금하다. 내가 어려워했던 마디가 깨끗하면 '전에 배웠던 분은 여길 잘 지나갔단 말이야?' 궁금해지고, 악보에 표시가 유난히 많이 되어 있으면 '아, 사람 사는 거 다 똑같구먼' 하고 안심하게 된다. 악보에는 표시되어 있는 주법인데 내 수업에서는 그냥 넘어갈 때면 선생님께 왜 나는 안 알려주시냐며 반강제로 배워 엉겁결에 실력을 쌓기도 한다. 같은 시간, 같은 공간에 있지는 않지만 악보를 통해 만나는 친구들과 시공간을 초월해 우정을 쌓는다. 내 악보도 다음 누군가에게는 또 그렇게 작고도 반가운 안부가 되겠지.

손목에 탈이 나 몇 달 쉬고 돌아왔더니 보면대 위엔 아이패드가 등장해 있었다. 그렇다고 손으로 그린 악보가 사라진 건 아니고, 그간의 악보들을 사진으로 찍어 정리한 것이었다. 이제 더 이상 빨강 파랑 펜으로 '손정승 다녀감'과 같은 흔적을 악보에 남길 수 없는 게 조금 아쉽지만 시대가 바뀜에 따른 자연스러운 변화로 받아들이기로 했다. 선생님은 계속해서 악보를 그릴 테고, 학생에 대한 마음은 변치 않을 텐데 뭘.

클럽 1열 관람기

직장인이 되고 나서는 연말마다 큰 콘서트에 한 번씩 갔다. 자우림, 김동률, 이적, 이소라, 장기하와 얼굴들…. 십대, 이십대의 나를 돌본 음악들을 직접 들으러 가는 일은 한 해를 잘 살았다는 기념이자 인생이 이럭저럭 잘 흘러간다는 증거였다. 그렇기에 무대와의 거리가 얼마나 멀고 가까운지는 중요치 않았다. 얼굴은 언제나 개미만 하게 보여서 결국엔 화면으로 볼 때와 다를 바 없이 무대 뒤에 설치된 대형 스크린으로 봤지만, 뛰어난 뮤지션들과 한 공간에서 숨 쉬고 있음에, 그들의 음악을 이어폰으로 한 번 거르지 않고 직접 들을 수 있음에 만족했다.

그런 이유로 클럽 '빵'의 공연은 색달랐다. 무대가 코앞에 있었기 때문에 어딜 앉아도 1열 시야였다.

홍대 산울림극장 근처에 있는 모던락 라이브클럽 빵은 이미 20년을 훌쩍 넘긴 홍대 앞 클럽의 터줏대감으로 거의 매일 공연이 열린다. 홍대 앞에는 클럽에반스, 벨로주, 클럽 FF, 제비다방, 네스트나다 등 빵 같은 클럽이 지척에 있지만 맘만 먹으면 언제든 갈 수 있다는 호기로움은 오히려 발길을 미루게 했다. 그동안 사라진 곳은 더 많았다. 그러다가 드럼 선생님의 제자가 드러머로 활동하는 밴드가 첫 싱글을 발매했다는 소식에 잘됐다 싶어 클럽 빵에서 한다는 공연을 예매했다. 총 네 팀이 나오는 무대였는데, 하루 전날 두 팀이 코로나에 걸려 참석하지 못하게 됐다고 했다. 내가 보려고 했던 밴드도 포함이었다. 예정대로 공연을 한다는 두 팀에 대해서는 아는 바가 전혀 없었지만 나는 모던락을 좋아하니 괜찮겠지 싶어 공연 전에 일부러 미리 찾아 듣지는 않았다.

홍대 클럽의 TPO를 맞춘답시고 아끼는 하와이 안셔츠를 입고 갔다. 도착해 보니 너무 맞춰서 내심 머쓱했다. 마치 결혼식장의 신부를 위해 위아래로 새까만 옷을 입고 간 느낌이랄까. 하지만 클럽의 사장님은 옷이 멋지다고 칭찬해주셨고 나는 화답 차원에서 평소 마시지도 않는 럼콕을 시켰다. 알아주는 알콜쓰레기인 나는 몇 번의 홀짝임에 혀가 얼얼해짐을 느끼며 정확히 두 커플 사이에 끼어 앉게 되었다. 술때문인지 자리 때문인지 많이 더웠다.

공연이 시작되기 전에 빵의 구석구석을 살폈다. 무대의 악기들, 한쪽 벽면을 장식한 클럽 빵을 거친 뮤지션들의 음반, 그 옆에 사장님 소장의 음반, 통일되지 않은 의자와 오래된 조명…. 때마침 손을 탈탈 털면서 앞으로 나가는 이가 있길래 '저 사람이 혹시 드러머?'라는 궁금증이 일었다. 저 사람이 진짜로 드

럼 앞에 앉게 되면 나는 이제 음악인을 알아보는 음악
인이 된 거라고 생각하며. 한참 후에 그는 진짜로 드
럼 의자에… 앉는 대신 어디선가 진로 소주 파란 병을
들고 와서 병째로 마신 후 기타 옆에 세워두었다. 관
상 보기는 아직 멀었구나. 그사이, 드럼 뒤편의 문이
살짝 열리고 여자분이 들어와 스틱을 꺼내며 자리에
앉았다. 와우. 뜻밖의 수확이었다.

　　공연 시각은 6시 반이었는데 6시 40분쯤 무대
가 거의 준비되었다. 보컬이 "베이스 어디 갔어?" 찾
더니 "○○야!" 하고 세 번쯤 크게 부르자 한 남자가
급하게 무대로 올라왔다. "배가 고파서…"라며 뭔가
를 우물거렸다. 관상 보기를 포기하지 않은 나는 그
에게서 어떤 음악적 소울을 찾아보려 했으나… 너무
나 성실한 직장인이 휴일을 맞은 듯한, 정직하면서도
편안해 보이는 모습이었다. 드러머도, 기타리스트도,
보컬도 마찬가지였다.
　　드러머를 잘 보기 위해 보컬이 서는 자리에서
살짝 더 오른쪽으로 앉았다(너무 정면으로 앉으면 동
선상 보컬이 드럼을 가리기 때문이다). 예전에 만났
던 친구는 피아노를 끝내주게 잘 쳤는데 공연에서 피
아니스트의 손을 보려면 왼쪽 객석에 앉아야 한다고

당부하곤 했다. 미련 없이 아름답게 헤어진 친구인데 여기서 다 생각이 나네. 잘 지내니? 나도 음악인이 되었단다.

아무튼, 다른 무대에서는 가까이서 보기 힘들었던 드럼이라 기타 넥에 얼굴이 자주 가려도 좋았다. 처음엔 약간 긴장한 듯 아무 표정이 없던 드러머는 두세 곡 정도 연주가 이어지자 드디어 슬몃 웃었다. 자세히 안 보면 모를 정도의 웃음이었는데 그 웃음이 뭔지 아주 조금은 알 것 같았다. 기교가 많은 밴드는 아니었지만 성실히 마음을 다해서 연주한다는 느낌이었다. 드럼을 알고 볼 수 있다는 게 좋았다. 좀 더 배운 사람은, 무대에 오르는 연주자는 저렇게 치는구나.

아쉽게도 소리의 데시벨이 올라갈수록 왼쪽 귀의 이명도 시작됐다. 동영상으로 바람을 찍으면 나는 지지직 소리가 귀에서 크게 나는 일인데, 병원에서는 딱히 치료법이 없으니 자극을 줄이는 수밖에 없다고 했다. 그래서 콘서트에 갈 때면 때때로 귀를 막고 듣곤 하는데 그렇게 들으면 자극은 줄고 가사는 더 정확하게 들린다. 큰 공연장에서는 아무 눈치도 보지 않고 할 수 있는 행동이었지만 여기선 그럴 수 없었다. 관객이 한눈에 들어오는 작은 공간에서, 한가운데 앉은 사람이 귀를 막고 있을 순 없으니까.

　그러는 사이 첫 번째 순서가 끝나고 두 번째 밴드가 준비를 시작했다. 첫 밴드의 기타리스트(진로 소주 소지자)가 이번엔 보컬 자리에 서서 주섬주섬 자리를 체크했다. 객석 오른편에 앉아 있던 두 사람이 무대로 올라 한 명은 베이스를 멨고 한 명은 기타 튜닝을 시작했다. 심지어 카운터 뒤편에 서 있어서 클럽 직원인 줄 알았던 사람은 드러머였다. 선생님이 했던 말이 생각났다. 작은 클럽에서 공연이 끝나면 객석에서 박수 치던 사람들이 다음 무대에 오르고, 또 그다음 팀의 공연이 시작되면 그들이 내려와 객석을 채운다던. 보러 오는 사람이 무척 적다는 뜻일 테다.

　실제로 현장을 마주하자 그 이야기를 들었을 때의 왠지 모르게 씁쓸했던 마음은 간데없이 사라지고 마냥 유쾌하고 자연스러웠다. 이번 팀의 드러머는 무대에 올라서 베이스드럼의 페달을 떼어내 자신의 것으로 바꾸고 하이햇의 위쪽 심벌과 크래시심벌도 바꿔 끼웠다. 스틱 가방도 착착 펼쳐 플로어탐에 걸었고, 여분의 드럼 스틱은 베이스 위에 얹어두었다. 그리고 마지막으로… 소주를 챙겼다. 아까의 기타리스트가 보컬로 자리를 옮기는 동안 이 팀의 진짜 기타리스트는 먹다 만 와인을 들고 무대에 올랐다. 객석 뒤쪽에서 사장님이 "다들 작작 마셔~"라고 외쳤지만 그 또한 막걸리를 병째로 마시고 있었다. 이들은 무대 내내 병째로 짠을 여러 번 하면서 술을 물처럼 마셨다. 술이 찰랑찰랑 넘치고 병나발을 부는 사람들이 가득했지만 프로답지 못하다는 느낌은 조금도 없었다. 연주가 그랬고 무대매너가 그랬다. 한참 뒤에야 알았지만 이날의 알코올농도는 클럽 공연에서도 극히 드문 일이었다.

첫 번째 밴드의 보컬이 무대를 내려오면서 두 번째 밴드는 귀를 뻥 뚫어줄 거라고 말했다. 보컬이 기가 막힌 밴드인 줄 알았더니 슈게이징과 노이즈락을 하는 밴드였다. 슈게이징은 별다른 가사 없이, 있더라도 다른 요소들과 거의 구분되지 않으며, 기타에 이펙터를 왕창 걸고서 의도적 노이즈를 생성해 5분이 훌쩍 넘는 연주를 하는 장르다. 이 밴드는 매 곡마다 드럼, 기타, 베이스 모두가 끝까지 달리는 게 느껴졌다. 드러머는 모든 심벌을 쉴 새 없이 내려치고 기타리스트는 허리를 좀체 펴지 않았다. 덕분에 내 이명도 점점 심해져서 할 수 없이 왼쪽 귀는 손으로 살짝 막을 수밖에 없었지만 괴롭지는 않았다. 곡이 끝날 때면 그들은 모두 자기와의 싸움에서 끝내 이긴 듯

한 모습이었다. 마라톤 선수가 완주를 막 끝낸 듯한 그런 얼굴.

몇 번의 앵콜 요청이 이어지는 동안 이들은 즉석에서 다음 앵콜곡을 정했는데 드러머가 간절히 외치는 곡은 무참히 씹혔다. 아무래도 좀 덜 힘든 곡이었으려나. 1990년대 락을 주제로 한 공연이라 앵콜을 주도하던 뒤편 사장님의 입에선 '요 라 텡고', '마이 블러디 발렌타인' 등이 나왔다. 무대 위의 그들은 "그거 하면 망해…"라고 말하면서도 결국엔 요 라 텡고의 곡으로 공연을 마쳤다. 무대는 망하지 않았다.

폭우가 예정되어 있었지만 사람들을 따라 클럽에서 나왔을 땐 다행히 아무것도 오지 않았다. 아가미가 필요한 날씨라고 생각하며 집까지 걸어오는 동안 홍대 앞에서 이 공간을 유지하는 사장님의 마음에 대해, 또 스무 살 무렵부터 밴드를 시작해 사십대가 되고 가장이 되고 생계를 꾸리는 동안에도 밴드를 계속하는 이들에 대해 생각했다. 홍대의 클럽 한 곳 한 곳이 그들에게는 사람들과 만나는 접점이자 무대에 설 기회고 음악을 지속해나갈 동력일 테다. 거기에 선 이들은 그들끼리도 충분히 즐거워 보였지만 나 같은 사람이 종종 객석을 채우는 일도 꽤 괜찮겠지. 집

에 가면 다음 공연을 찾아봐야겠다고 다짐하는 동안
내 이명도 조용히 끝나 있었다.

본업이 아닌 자들의 자유

시작은 참된 점장의 자세로부터였다. 이슬아 작가의
『아무튼, 노래』북토크를 땡스북스에서 열게 되었는
데 진행을 맡아줄 수 있겠냐는 출판사의 제안에 선뜻
그러겠다고 했다. 오랜 단골의 열 번째 책을 가까이
서 축하하고 싶었기 때문이다.

　　행사 진행의 미덕은 진행자가 나서지 않으면서
도 티키타카가 잘되는 분위기를 조성하여 예상 답안
에 없던 주인공의 매력을 이끌어내는 것이라고 생각
한다. 다만 나는 초보 진행자이므로 티키타카를 염두
에 두면 내 본분을 잊어버릴 수 있기에 슬아 씨를 주
인공으로 착실히 모신 행사의 얼개를 짜서 보냈다.
이틀 뒤 슬아 씨는 내가 보낸 파일에 의견을 보태어
보내왔다. '정승 점장님도 충분히 말하고 둘이 조금
까불면서 속 깊은 이야기를 함께 나누는 자리를 생각
하고 있다'며 내가 보낸 범생이스러운 계획을 완전히
엎은 형태였다.

　　행사 5일 전에는 카톡이 왔다. "정승 씨, 혹시
마이크 하나 더 있냐. 솔직히 한 곡만 같이 부를 테
야? 나 랩을 못하지만 손정승이랑 한다면 랩도 연습
할 수 있을 정도임."

　　미쳤어 진짜, 하면서 빵 터졌다. 나는 코인노래
방 가는 걸 정말 좋아하지만 고2 음악 수행평가 이후

로는 5인 이상 앞에서 노래를 한 적이 없다. 상상만 해도 목이 꽉 막혀왔다. 좋은데 싫고 싫은데 좋은 걸 보아하니 코인노래방의 무대는 좀 부족했던 걸까. 너무 좋은데 고민 좀 해보겠다고 하자 슬아 씨는 이렇게 말했다.

"못하면 어떠냐. 나는 삑사리 나도 좋더라. 그것이 음악이 본업이 아닌 자들의 자유 아니더냐."

그 메시지를 읽는 순간 요즘의 내게 정말로 필요한 말이었음을 본능적으로 알았다. 드럼에 대해 글을 쓰는 건 즐거움보단 괴로움이 조금 더 많았다. 이유는 분명했다. 본업이 아니기 때문이다. 본업이 아니니 더 잘 쓰고 싶었고 그래야 한다고 생각했다. 그것이 본업으로 하는 이들에 대한 예의라고. 쓰는 내내 자격과 최선에 대해 생각할 수밖에 없었다. 개인적으로는 천둥벌거숭이 시절이 끝난 건지 나를 드러내는 것도 너무 부끄럽고 그러다 보니 글에 힘이 들어가는 통에 죄다 마음에 들지 않았다. 이런 상태가 반년 넘게 지속되자 나는 최후의 카드를 꺼내 들 수밖에 없었다. 한 달의 휴직. 대표님의 흔쾌한 허가와 동료 음양의 지지 덕에 얻은 휴직을 일주일 앞두고 이번 행사를 맡게 된 것이었다.

'환장의 듀엣' 최종 후보 곡으로는 핑클의 〈루

비〉, 쿨의 〈애상〉이 올랐다. 슬아 씨는 〈루비〉를 부르게 되거든 내가 후렴에서 "I can't cry~" 하면 자기가 코러스를 넣겠다고 했다. 동네 책방 북토크에 〈루비〉의 등장이라…. 우리는 이 곡으로 잠정 합의를 보았으나 〈애상〉이 자꾸 귀에 밟혀 결국 행사 이틀 전에 곡을 바꿨다. 낮은음을 더 편하게 여기는 슬아 씨가 이재훈을, 내가 유리와 김성수를 맡았다.

행사 당일 슬아 씨는 『아무튼, 노래』의 저자답게 가방에서 미러볼과 와인을 꺼냈고 작은 책방에 모인 이들은 눈을 반짝이며 그 모습을 지켜봤다. 평소 나의 지론은 '독자는 자신이 좋아하는 작가를 닮아 있다'인데, 이날 모인 서른 명의 독자들은 무척 유쾌하고 따뜻했다. 눈이 빛났고 무얼 말하든 일단 까르르 였으며 울고자 하면 곧장 울 수도 있을 것 같았다. 희로애락이 대단히 선명하고 풍부한 사람들이었다.
북토크는 순조롭게 진행되어 마지막 순서인 듀엣에 다다랐다. 내가 이렇게 많은 사람들 앞에서 〈애상〉의 반주를 직접 틀고 노래를 불러야 한다니! 재생 버튼을 누름과 동시에 다 내려놓았다. 긴장을 풀기 위해 마신 와인 때문에 고음이 잘 올라가진 않았지만, 청중의 박수 소리와 웃음에 기대어 끝까지 불렀다. 노래의 챠밍 포인트인 유리의 파트 "NO!"도 빠트리지 않으면서. 코로나만 아니었다면 떼창도 가능했을 것이다. 분명 일터 한가운데 서 있는데도 그 순간만은 아주 큰 코인노래방에 와 있는 것처럼 마음이 자유로웠다.

필요 이상으로 부끄럽고 걱정으로 가득 찼던 마음에 사방으로 창을 내어 환기를 시켰다. 뭐가 그렇게 부끄러웠을까. 그러고 보면 드럼을 치는 동안에도 자주 부끄러웠다. 정말 좋아하는 곡이라 곡의 분위기와 기승전결을 잘 알면서도 이런저런 것들을 의식하느라 뻣뻣한 몸을 풀지 못했다. 필 인을 내가 판단해서 골라 칠 수 있게 됐을 때에도 '내가 그래도 되나? 전문가 앞에서?' 싶었다. 음악을 즐기며 연주하는 내 모습이 어쩐지 느끼해 보일 것 같았기 때문이다. 오글거린다는 말이 섬세한 감성과 예술들을 얼마나 많이 죽였는지 생각하면 지금도 가장 싫어하는 말 중 하나인데, 정작 내가 남에게 오글거려 보일까 봐 지나치게 신경을 썼다. 하지만 피아니스트 손열음이나 조성진이 음악을 느끼며 연주하는 걸 보고 오글거린다고 말하는 사람은 아무도 없다. 그 무아지경, 슬픔과 환희가 깃든 표정을 보며 우리는 함께 미간을 좁히고서 감탄할 뿐. 거기엔 프로와 아마추어의 구분은 없다.

이날 북토크에 모인 이들은 환장의 듀엣 노래 실력을 평가하는 대신 함께 노래를 흥얼거리며 종일 쌓인 피로를 녹였다. 음악 이야기를 나누며 와하하 시원하게 웃고 기운차게 집으로 돌아감으로써 위로라는 음악의 본질에 가닿았다. 음악이 본업은 아닐지라도 삶에 음악이 있는 자로서 본분을 다한 셈이었다. 같은 공간에서 저마다의 방식으로 무척이나 자유로운 밤이었다.

어른이 되어 좋은 것들

어른이 되길 잘했다고 생각한다. 물론 원하든 원하지 않든 될 일이었기에 그저 시간이 흘렀을 뿐이라고 여겨질 때도 있지만. 쓰고 나니 어른이라기보단 돈 버는 사회인이 되어서 좋다고 해야 할까. 나는 직장에 다니기 시작하면서 묘하게 얼굴이 폈다. 나만 그렇게 느낀 게 아니다. 내 오랜 친구들은 예전의 날카로움이 많이 깎인 지금의 모습이 훨씬 보기 좋다고 말한다. 공간이 만들어준 친구, 사회가 만든 목표, 내가 나를 모르겠는 시간으로부터 제법 멀리 건너와서일까.

어른이 되고서 이만하면 잘 살고 있다고 느꼈던 최초의 순간은 방송 댄스를 배우러 다닐 때였다. 방송 댄스는 꽤 오래전부터 배우고 싶었는데, 마침 이대 앞에 있는 한 댄스학원의 시간표가 괜찮았다. 학원에서 이대역 사이의 10분 남짓한 거리를 팔랑팔랑 뛰어다니며 무엇이 나를 그렇게 즐겁게 했을까 하고 곰곰 생각해보니 몸도 쓰고 지갑도 써서라는 결론이 나왔다. 삶을 지속하는 데에 필수적인 요소가 아닌, 있어도 그만 없어도 그만인 플러스 요소를 위해 돈을 쓸 때면 윤택한 삶을 사는 어른이 된 듯했다. 어느 달의 생활비가 좀 빠듯할 때면 끼니를 대충 때우는 것보다도 책 사는 돈을 줄이거나 영화관에 갈지 집에서

OTT로 볼지 고민해야 하는 것이 훨씬 더 심란했다. 새로운 배움에 선뜻 돈을 낼 수 있는 것이야말로 내가 생각한 윤택한 삶의 최정점이었기에 시간, 돈, 건강이라는 삼박자가 얼추 맞는다 싶으면 냉큼 무언가를 배우러 갔다. 드럼도 그렇게 시작했다.

　어른이 되어 다행이라고 안심한 최초의 순간도 있다. 무엇이든 약간의 거리를 두고 좋아하는 나를 발견했을 때다. '무엇이든'의 자리에는 특정 사람이나 영화, 음악 등 세상의 온갖 것을 넣어볼 수 있다. 최근 몇 년은 어떤 한 가지 생각에 당혹스러울 때가 굉장히 많았는데, 그 생각은 '별생각 없이 지나온 십대가 지나치게 무방비한 상태였으며, 그때 나의 많은 부분이 완성되어버렸다'는 것이다. 취향의 근원, 중요하게 여기는 도덕적 가치, 예/아니오를 가르는 판단 기준, 나를 이루는 주된 정서가 어디서 왔는지 찬찬히 거슬러 올라가보면 그 뿌리는 대부분 십대에 있었다. 버디버디에서 나눴던 대화, 비디오로 빌려서 본 영화, 엠피스리에 담아서 들었던 음악, 밤늦게까지 몰래 누볐던 인터넷 세상, 그 모든 걸 함께했던 친구라는 존재…. 그때는 모든 것이 처음이라 좋아서 느끼는 행복만큼이나 좋아서 느끼는 슬픔도 많았다.

행복도 슬픔도 주체가 안 되던 시기였다.

그래서 어른이 되어 좋아하는 걸 만날 때면 '아이고! 이 좋은 걸 나만 몰랐네!' 하는 통탄보다는 지금 알아서 다행이라는 생각을 더 많이 한다. 좋아하는 마음에 함께 섞여 있는 불순물-슬픔, 아픔, 비관, 우울 등-을 어릴 때보다 좀 더 잘 걸러낼 수 있게 되었기 때문이다. 그런 내게 누군가 몸을 사리는 거 아니냐, 좋아하는 일에 왜 흠뻑 빠지지 않느냐고 한다면 틀린 말은 아니다. 결국 어른이 되었다는 건 굵어진 머리로 무언가에 달려들기에 앞서 앞뒤 재보는 존재가 되었다는 뜻이니까. 그렇지만 좀 더 정확히 말하자면 어른이 된 후 빠져나올 때를 전보다 더 잘 알게 되었다. 어릴 때 좋아했다면 미처 발견하지 못했을 이면이 보이고(그 이면은 대체로 좀 많이 후지다), 좋아하는 것을 세상의 전부로 여기지 않을 수 있어 일상으로 금방 돌아온다. 뭐랄까, 어릴 때보다 좀 더 튼튼하고 탄성이 좋은 고무줄을 가진 느낌이라고 해야할까. 대책 없이 무작정 당기다가 끊어지거나 그대로 늘어져버리던 때와 달리 여기저기 튕겨보고는 주머니에 잘 넣어둔다.

지금 드럼과 나 사이에는 적당한 거리가 있다. 어릴 때 배웠다면 집안 기둥뿌리를 뽑겠다고 난리를 피웠거나 음악에 깊이 매료되어 지금과는 다른 결의 감성을 가진 사람이 되었거나 혹은 드럼 곁에는 영영 얼씬도 하지 않는 사람이 되었을지도 모를 일이다. 뭐가 되었든 되어보지 않은 모습이기에 끝내 알 순 없지만, 나는 지금의 거리가 아주 마음에 든다. 바람이 통하는 거리를 둔 사랑이 내겐 더 도움이 된다는 걸 이제는 잘 아니까. 누군가가 나를 가르친다는 건, 그리고 내가 무언가를 배운다는 건 여전히 내가 가변(可變)의 존재임을 전제로 하기에 그 점이 그저 기쁠 뿐이다.

드럼 아니고 드럼세트

우리가 아는 드럼은 엄밀히 말하면 드럼 '세트'다. 여러 개의 심벌과 드럼, 의자가 드럼이라는 악기를 구성하는데, 이는 즉 각각의 요소를 떼내거나 추가할 수 있다는 뜻이다. 기본 연주가 가능한 아주 최소한의 조합은 '스네어드럼＋하이햇심벌＋베이스드럼'이다. 여기에 재료와 크기에 따라 소리가 다른 드럼이나 심벌을 드러머가 취향껏 추가해 전체적인 음색을 조율하는 게 가능하다. 기본 드럼과 심벌 외에 특이한 효과음을 내는 이펙트심벌도 있는데 크기가 아주 쪼끄맣거나 환공포증이 있는 사람은 놀랄 만큼 많은 구멍이 뚫려 있기도 하다.

현재의 드럼세트로 구성되기까지의 드럼의 유구한 역사를 되짚기엔 지면이 턱없이 모자라기에 내가 배우고 이해한 만큼 드럼세트의 구조를 설명해보겠다. 여기에다 평소 아껴 듣던 곡에서 각 악기의 소리가 포함된 구간을 덧붙여 소개한다. 곡의 표시 구간은 음원사이트 벅스 기준이며, 벅스에 없는 곡은 유튜브를 참고했다.

스네어드럼('따'/'딱')

의자에 앉았을 때 바로 앞에 있는 드럼으로, 다리 사이에 두고 앉는다. 드럼세트 중에 가장 먼저 만

져보고 칠 수 있는 핵심 악기로 많은 드러머들이 드럼세트를 장만할 때 제일 먼저 구비하는 것이기도 하다. 장난감 병정이 몸에 달고 있는 북, 군악대가 몸 앞쪽에 차고 행진하는 북이 바로 이 스네어다. 스트로크(스틱으로 치는 동작) 연습을 위한 연습패드도 스네어드럼을 단순화한 형태다.

스네어드럼 아랫면에는 '스내피'라는 가는 금속 줄 뭉치가 가로질러 붙어 있는데, 그게 드럼 표면과 부딪히면서 찰찰, 잘잘한 특유의 소리를 낸다. 옆에 달린 클립을 풀면 뗄 수 있으며 그땐 또 완전히 다른 소리가 난다.

스네어드럼은 보통 팁으로 치지만 스틱을 뒤집어 끝에서부터 손가락 하나 길이 정도 내려온 부분을 스네어의 림(테두리)에 닿도록 치기도 하는데 이를 '림샷'이라 한다.

· 기본 스네어드럼 소리

David Bowie, 〈Space Oddity〉(2009 Remaster), 00:27, 00:34

Sunset Rollercoaster, 〈Vanilla〉, 00:05, 00:07, 00:09~

· 스내피 펜 스네어드럼 소리

　　9와 숫자들, 〈드라이 플라워〉, 00:05~

· 림샷 소리

　　Sunny Day Service, 〈One Day〉, 00:16~

　　Teddy Thompson, 〈I Don't Want To Say

　　Goodbye〉, 00:16, 00:18, 00:20~

하이햇심벌('치크치크'/'칩'/'웃')

　　스네어드럼 왼쪽에 있는 심벌. 다른 심벌과 달리 캐스터네츠처럼 위아래 짝이 있다. 기본 연주는 아래 페달을 왼발로 꾹 밟아 하이햇이 닫힌 형태(클로즈)로 연주하는데, 이 상태로 하이햇을 치면 무척 딱딱해서 손으로 오는 타격감이 꽤 강하다. 페달에서 발을 살짝 떼면 하이햇의 위아래가 열리는데(오픈) 어느 정도 여느냐에 따라 아주 미세한 차이로도 소리의 질감과 서스테인이 달라진다.

　　오픈된 연주 소리도 좋지만 클로즈 상태에서 오픈하는 순간의 '샤악' 하는 소리와 다시 닫히는 순간의 '칩' 하는 소리도 쫀득하다. 드럼 연주에서 보통 이야기하는 4비트, 8비트는 한 마디에 하이햇을 몇 번 치는지를 기준으로 나뉜다. 즉 4비트는 한 마디에 하이햇을 네 번 치는 박자다.

· 기본 하이햇심벌 소리

    PREP, 〈Cheapest Flight〉, 00:05~

    MC 스나이퍼, 〈BK Love〉, 00:22~

· 하이햇심벌을 오픈하는 순간의 소리

    Stardust Revue, 〈Baby, It's You〉, 00:03

    Polaris, 〈季節(계절, Kisetsu)〉, 00:03, 00:06,

    00:08~

· 하이햇심벌 오픈 상태의 소리

    자우림, 〈FADE AWAY〉, 02:42~

베이스드럼('쿵')

    페달을 밟아 발로 치는 드럼으로 가장 육중한 음을 낸다. 드럼세트 중 유일하게 치는 면이 땅에서 수직으로 세워져 있다. 우리가 보통 무대에 있는 드럼을 볼 때 맨 앞에 있는, 때때로 밴드의 이름이 쓰여 있는 가장 큰 드럼이다.

    페달은 베이스드럼에 붙어 있는 세트가 아니라 뗐다 붙였다 할 수 있다. 페달을 밟는 감각이 달라지면 연주감도 달라져서 자신에게 맞는 페달을 따로 들고 다니는 드러머도 있다. 그래서 스틱 가방처럼 페달 가방도 따로 나온다. 페달 머리이자 베이스드럼에 닿는 부분은 '비터'라고 부르며 비터의 면적이나 재질에 따라 소리가 달라진다.

장기하와 얼굴들, 〈그건 니 생각이고〉, 00:00~
Max Leone, 〈5〉, 00:08, 00:10, 00:11~
Hooverphonic, 〈Eden〉, 00:23~

탐탐('뚜구두구'두구/'뚜'둥)
드럼세트 상단에 있는 두 개의 드럼으로 왼쪽은 스몰탐, 오른쪽은 미들탐이다. 크기로 구분 지은 이름이지만 내는 소리의 높이에 따라 부르기도 한다. 미들탐은 드러머에 따라 혹은 곡의 종류에 따라 빼고 세팅하기도 해서 나도 미들탐 없이 배우고 있다. 반복적인 리듬 사이에 탐을 끼워주면 단박에 소리가 귀에 뜬다.

Weezer, 〈Africa〉, 00:57~00:59
오지은, 〈고작〉, 00:27~
피터팬컴플렉스, 〈고슴도치 Complex〉,

00:09~00:11

플로어탐(뚜구두구'두구'/뚜'둥')

앉았을 때 가장 오른쪽에 있는 드럼으로 행진이
나 응원에 어울릴 법한 웅장한 소리를 낸다. 앞서 소
개한 스네어와 탐탐도 비슷하지만 특히나 플로어탐
은 업(스틱을 내려친 뒤 곧장 위로 한껏 들어 올리는
동작)과 다운(스틱을 내려친 뒤 반동으로 튀어 오르는
스틱에 힘을 주어 드럼 표면에 가깝게 멈추는 동작)의
소리가 굉장히 다르다. 업의 소리는 맑게 비어 있고
다운의 소리는 좀 더 중후하게 탐을 뚫고서 땅으로 스
미는 기분이다.

Oasis, 〈Don't Look Back In Anger〉,
03:06~03:23
이소라, 〈Tears〉, 01:19~01:22

라이드심벌('떵'/'팅')

베이스드럼 위쪽에 있는 챙이 넓은 심벌. 매우
맑은 소리가 난다. 라이드심벌 소리를 묘사하는 표현
중에서 '별빛이 부서지는 것 같다'는 말이 가장 정확
하다고 생각한다. 드럼세트의 다른 악기가 내는 소리

가 '멋지다'라면 라이드심벌 소리는 '예쁘다'라고 말하고 싶다. 분위기가 고조되는 노래 후렴구에서 하이햇으로 치던 리듬을 라이드로 바꿔 치는 등 곡의 분위기 전환에 주로 쓰인다. 라이드의 한가운데 툭 튀어나온 부분은 '벨'이라고 부른다.

· 기본 라이드심벌 소리

　　Los Retros, 〈Nostalgic Vibrations〉, 00:00~
　　성시경, 〈당신은 참..〉, 03:10~03:12

· 라이드벨 소리

　　하림, 〈Oh! She's My Friend〉, 00:18, 01:13
　　델리스파이스, 〈항상 엔진을 켜둘게〉, 0:48~

크래시심벌('챙' / '쨍')

　　우리가 아는 드럼의 청량하고 짜릿한 소리는 크래시심벌에서 난다. 드럼세트 양옆에 하나씩 달려 있는데 내는 소리는 같아서, 상황에 따라 하나만 설치하기도 한다. 연주 중에 동선이 더 편한 쪽을 치면 되고, 양쪽 동시에 치거나 왔다 갔다 하며 연주를 하게 되면 멋짐이 배가된다.

패닉, 〈숨은 그림 찾기〉, 00:41~00:44

서태지, 〈Take Five〉, 00:53, 00:55, 00:58~

PREP, 〈Years Don't Lie〉, 02:25

의자

드럼을 배우기 시작한 뒤로도 한동안은 의자가 드럼세트에 포함되는 줄 몰랐다. 몰랐던 게 무색할 정도로 의자는 무척 중요한 요소인데, 의자의 높이나 드럼세트로부터 떨어진 거리에 따라 기본 폼과 내는 소리가 바뀌기 때문이다. 그래서 드럼을 칠 때 뭔가 묘하게 불편하다 싶으면 의자를 먼저 건드려본다 (최후의 방법은 드럼세트 각 악기의 위치를 조금씩 옮기는 건데, 어느 장소에서든 매번 할 순 없는 일이다). 드러머마다 신체 조건이 다르니 각자에게 맞는 높낮이와 거리도 분명 다를 수밖에 없다. 계속 요리조리 테스트하며 맞춰가야 한다.

기본자세는 앉았을 때 무릎이 90도가 아닌 엉덩이보다 살짝 더 낮게 있도록, 의자 안쪽으로 푹 앉지 말고 앞쪽 끄트머리에 슬쩍 걸치는 느낌으로 앉는다. 유감이지만 척추에 좋은 자세와 반대로 하면 훌륭한 드러머로의 기본 자세를 갖추는 셈이다.

하림상과 도라무

지금도 그런지 모르겠지만 상수역 1번 출구 앞은 한때 소개팅하는 이들이 즐겨 찾는 약속 장소였다. 혜화역 4번 출구와 종각역 4번 출구처럼. 거기서 친구를 기다리고 있으면 누가 봐도 오늘 처음 만난 두 사람이 어색함을 사회성으로 누르며 인사하는 광경을 자주 볼 수 있었다.

마침내 나도 어느 여름날 저녁 7시 상수역 1번 출구 앞에 섰다. 그리고 기다렸다. 황하림 씨를. 나는 가끔 나의 현생과 완전히 단절되고 싶을 때가 있는데 황하림 씨는 그런 면에서 아주 적격인 상대였다.

일을 사랑하면 할수록 아니 사랑하지 않아도 일이 나라는 사람의 전부로 느껴질 때가 있다. 그렇기에 퇴사나 새로운 시도 앞에서 그렇게들 망설이는 것 아니겠는가. 나도 마찬가지다. 나는 책 읽기라는 단 하나의 취미를 가졌기에 책방에서 일하게 되면서 일과 취미가 같아지는 게 두려웠다. 내가 무너져도 다시 나라는 사람을 틔울 씨앗마저 남김없이 내놓는 기분이었다. 연차가 쌓이고 업계에 아는 사람이 늘어날수록 좋으면서도 한편으로는 좋아서 무서웠다. 그래서 쉬는 날이면 족히 20년은 넘은 일본 드라마와 한국 영화로 달아났다. 살아본 적 없는 곳, 기억나지 않는 어린 시절의 이야기가 담긴 영상을 보면서 현재와 조금도 상관없다는 점에 흡족해했다. 거기서는 영감을 찾거나 스트레스 받을 필요가 없었으니까. 일로 만나는 사람 중에는 이제 친구가 된 이들도 있지만 너무 사랑하는 만큼 자꾸만 말을 고르게 되었다. 업계가 좁으니 내 친구가 네 친구고 일로서 뭔가를 거절했던 사람을 사석에서 친구의 절친으로 만나는 식이었다. 서로의 상황을 속속들이 잘 알아서 척하면 척이라 미안하기도 하고 때론 창피하기도 했다. 내가 힘들다고 할 때 비록 공감은 덜 해줄 수밖에 없더라도, 다른 세계의 사람이 덮어놓고 괜찮다고 위로해주는 게 좋을 때가 있었다.

나와 황하림 씨는 아마이니혼고(달콤한 일본어) 수업에서 처음 만났다. 그래서 우리는 아직까지도 서로를 하림상, 정승상이라고 부른다. 하림상은 굴지의 S기업을 다니고 종교를 가지고 있으며 아주 많이는 아니어도 책을 꾸준히 읽고 애석하게도 몇 년 전부터 위장질환을 달고 산다. 매우 전형적인 한국 직장인이다. 직장인의 애환에 대해 너무나 잘 알면서도 상식적이고, 동종 업계가 아니면서(아니기에) 내 편을 들어줄 사람. 하림상과 이야기할 때면 마음이 편했다.

작년에 하림상 생일을 맞아 밥을 같이 먹는데, 젓가락을 들다 말고는 나한테 대뜸 물었다. "정승상, 드럼 수업료가 얼마야?" 예상에 없던 일이었다. 드럼 친구가 있으면 좋겠다고 생각은 했지만 그게 하림상이 될 줄은 몰랐다. 그리고 곧장 신이 났다. 그는 무엇이든 한번 시작하면 끝을 볼 때까지 그만두는 일이 없기 때문이었다. 하림상은 그날로 나와 같은 드럼 수업에 등록했다.

우리는 같은 드럼 선생님과 일본어 선생님을 모시는 제자들이었기에 '드쌤'과 '센세'로 나누어 수업 후기를 나누곤 했다. 그러던 어느 날, 하림상의 친구가 에어드럼을 친다는 말이 나왔다. 에어기타도 아니고 에어드럼이라니. 듣고 보니 하림상의 친구가 노래를 들으며 드럼 치는 흉내를 곧잘 내는데, 그렇다 보니 오락실 드럼을 끝내주게 잘 친다는 이야기였다. 그러면서 하림상이 "예전엔 옆에서 구경만 했는데, 이제 오락실 가면 좀 해볼 만하려나?"라고 말했고, 그 한마디에 우리는 상수역 1번 출구에서 만나게 되었다.

형님을 에스코트하는 홍대 아우로서 사전 답사를 하려 했지만 이제 나는 요령이 생긴 삼십대기에 여차하면 맛있는 밥이나 먹자는 생각으로 손가락만 몇 번 놀려 홍대 짱오락실을 알아두었다. 드럼 기계가 있다는 후기가 사실 2년 전 거라 조금 걱정스러웠지만 거침없이 갔다(하림상은 아직도 이 사실을 모른다).

상수역에서 홍대 상상마당 근처로 걸어가는 동안 잠시 감상에 젖었다. 7년 넘게 이 근방에서 일하면서 그때그때 내 관심사에 따라 보고 싶은 대로 보아온 동네다. 한창 빵을 좋아할 땐 빵집만 보였고 빈티지 옷가게를 찾으러 다닐 땐 옷걸이 모양만 보였다. 이 동네가 지겨워졌을 때엔 헌팅포차에 나붙은 지저분한 문구들과 골목길에 널린 토사물, 인사불성인 취객들만 보였다. 같은 동네를 감각하는 눈은 그렇게 여러 번 바뀌었다. 오늘은 오락실이다. 심드렁하게 지나다니던 곳을 목표 삼아 이 길을 새삼스레 걷고 있다. 아나나 다를까, 그렇게 도착한 짱오락실에는 드럼 기계가… 없었다.

"언니, 내가 아는 곳이 하나 더 있어."

준비성이 철저한 아우라는 인상을 주며 다시 상수역 쪽으로 걸어가 퍼니랜드로 갔다. 외관에 '뮤직 게임'이라고 엄청 크게 적혀 있어 신뢰가 갔다. 뽑기 기계가 잔뜩 늘어선 1층을 지나 2층에 오르자 우릴

감싸는 음악이 달라졌다. 빠르게 스캔하니 구석진 곳에 드럼 기계가 있었다. 정식 이름은 '기타도라'('기타'와 '도라무'(일본어로 드럼)의 합성어)였는데 나중에 찾아보니 마니아층이 확실한지 이 기계를 보유한 전국의 오락실 리스트가 인터넷에 따로 돌아다녔다. 우리는 미리 준비한 현금을 오백 원짜리로 바꿔 자리에 앉았다. 오백 원이면 두 판을 할 수 있는, 요즘 물가가 반영되지 않은 긍휼한 기계였다.

기타도라는 실제 드럼세트랑 똑같은 구조였고, 오락실 '펌프'처럼 화면에 표시되면 불이 들어오는 부분을 스틱으로 치는 방식이었다. 곡이 시작되자 실제 드럼을 칠 때랑 너무 똑같아서 놀랐다. 긴장하면 할수록 박자를 놓쳤고 몸이 풀릴수록 'perfect' 표시가 늘어났다.

우리가 이성을 놓고 괴성을 질러가며 한참을 무아지경으로 치고 있는데 "잠시 좀 비켜주시겠습니까" 하는 예의 바른 인사가 들렸고, 어떤 남성이 바로 옆에 있는 기계 '팝픈뮤직'을 시작했다. 손 펌프의 일종으로 보이는, 반구 모양의 색색깔 버튼을 누르는 게임기 위로 그의 손이 쉴 새 없이 현란하게 날아다녔다. 그 기계에는 'miss'나 'fail'은 원래부터 없다는 듯 'perfect'와 'great'만 나왔다. 숙연해진 우리는 옆옆 게임으로 자리를 옮겼다. 거기엔 '태고의 달인'이라고 이름 붙은, 아주 큰 두 개의 북이 놓여 있었다. 실제 북 모양이라 림샷을 칠 수 있다는 점이 재밌었고 북도 북채도 큼지막해서 사물놀이패의 일원이다 생각하고 신나게 두드렸다. 한참을 하다가 펌프를 하러 갔더니 세 대의 기계 앞에는 벌써 펌프용 실내화로 갈아 신은 세 명(고인물 추정)이 있어서 우리는 미련 없이 손 펌프를 하러 갔다. K-POP이 탑재되어 있고 곡의 BPM까지 친절하게 알려주는 기계였다. 우리 둘다 이 편에 약간 더 소질이 있는 것 같기도 했다.

우리는 준비해 간 만 원을 알뜰하게 다 썼다. 나는 회사랑 가까우니까 점심 때 연습하러 와도 되겠다고 말하니 하림상이 진짜 좋겠다며 맞장구를 쳤다 (실제로 그날 이후 월요일 아침에 가본 적이 있는데 직원 한 분이 청소기를 돌리고 있었고 아무도 없는 줄 알았던 그곳엔 '또' 팝픈뮤직 고수가 벌써 와 있었다. 팝픈뮤직은 재야의 고수가 많다는 느낌을 준다. 오직 맨손으로 하는 게임이라 손맛이 좋은가?).

우리는 밤을 새워 몰아보는 B급 영화가
괜찮은 영화를 쾌적하게 보는 것보다 훨씬 더
재미있다거나 하루에 인천 3대 돈까스집을 모두

방문한 후 인천공항 제2터미널에 들러 냉면을
먹고 돌아오는 행동 자체를 좋아서 하는 것이
아니라, 그런 얼토당토않은 일을 무조건 함께해줄
사람이 있다는 사실을 좋아한 것이기 때문이다.[*]

그날 하림상이랑 함께 간 오락실의 기억은 특별
했다. 게임을 원래 즐기던 편도 아니고, 함께 했던 게
임들은 추억 속의 게임도 아니라 사실 끝내주게 재밌
지는 않았다. 그저 하림상이랑 갔다는 사실 자체가
좋았고, 단순한 게임에 시원하게 웃을 수 있어 좋았
다. 무엇보다도 오직 오락실에 가기 위해 시간을 맞
춘 두 직장인의 용단에 웃음이 났다.

내가 일본어 수업을 잠시 쉬기로 했을 때, 나
는 하림상과 멀어질 수도 있겠다고 생각했다. 아쉬워
도 어쩔 수 없었던 것이, 우리에겐 공통점이 거의 없
었기 때문이다. 그렇지만 함께 쌓은 시간은 생각보다
견고했고, 거기에 드럼이라는 큰 공통점이 하나 더
생겼다. 마흔이 되고 쉰이 되어서도 언니를 하림상이
라고 부르며 드럼을 칠 것만 같은 기분이 들었다. 둘

* 남선우, 『아무튼, 아침드라마』, 위고, 2022, 147면.

다 오락실 게임을 죽어라 못했지만 진짜 드럼은 잘 치는 사람들이니까 아무럼 상관없었다. 우리는 다음엔 하림상 집에서 가까운 혜화동 오락실을 찾아보자며 두 번째 만남을 기약하는 애프터 신청을 끝으로 흥겨운 리듬의 나라를 유유히 빠져나왔다.

생각보다 여려요

오래 염원했던 방송 댄스는 생각보다 오래 배웠고 생각보다 쉽게 그만두었다. 설렘은 오래가지 않았다. 평소 내가 즐기던 곡이 아니었기 때문이다. 열 곡을 배우면 한 곡을 알까 말까 한 정도였다. 아이돌 노래에 맞춰 춤을 추는 일은 생각보다 무척 고됐다. 굉장한 체력을 요했고 카메라에 잘 잡히는 각도 위주로 안무가 짜여 있어선지 몸을 균형 있게 쓰지 못했다. 타인의 시선을 의식한 춤이기도 했다. 무대는 애정과 관심을 필요로 하니까. 지금까지 유일하게 기억나는 건 방탄소년단의 〈MIC Drop〉에 맞추어 춤을 췄던 시간이다. 좋아하는 곡이 아니면 아무리 흥겨운 노래에도 흥이 나질 않는다는 걸 이때 절절히 깨달았다.

나는 락을 좋아한다. 락은 호불호를 가리지 않고 호와 호호만 가릴 뿐이다. 시원하게 내지르는 보컬의 목소리를 들을 때면 심장이 터질 것만 같다. 반면 하림상은 처음 드럼을 배울 때 "나 딱히 좋아하는 곡이 없는데 괜찮을까?"라고 물었다. 나는 괜찮다고 했다. 다들 저마다의 곡으로 드럼과 가까워진다는 걸 알고 있었으니까. 수강생 중에는 오직 데이식스의 곡만, 오직 샤이니의 곡만 배우는 분들이 간혹 있다고도 했다. 나도 선생님의 가르침을 고분고분하게 따르던 때를 지나 정말로 관심 없는 곡이면 이거 말고 다른 곡 없냐며 맡겨놓은 듯 굴기도 했다.

　대부분의 사람들이 드럼을 두고서 힘차다, 격하다, 시원하다 등 센 악기로 인식하는데 나도 그중 하나였다. 그래서 락에서만 드럼을 찾으려 했고, 드럼을 배우면 응당 락을 배울 거라 생각했다. 하지만 드럼은 빛과 소금처럼 거의 모든 음악에 공평하게 깃들어 있었다. 드럼이 없는 곡을 찾는 게 훨씬 더 어려웠다. 그동안 몰라본 게 미안할 정도로 드럼은 발라드, 보사노바, 재즈, 심지어 자장가로 분류될 법한 곡에도 들어 있었다. 무심히 넘겼던 드럼 소리를 발견하고, 그것이 드럼세트의 어느 악기를 어떤 식으로 연주한 것인지 알아내는 재미가 쏠쏠했다. 틈만 나면 선생님께 어느 곡의 어떤 구간은 무슨 소리며 어떻게 연주한 건지 물었다. 유재하의 〈우울한 편지〉, 스티비 원더의 〈Bird of Beauty〉, 장기하와 얼굴들의 〈별거 아니라고〉, 김현철의 〈춘천 가는 기차〉, 밀톤 나시멘토의 〈Travessia〉, 장필순의 〈애월낙조〉, 리사 오노의 〈I Wish You love〉…. 이 곡들 속의 드럼은 촉촉하고 가녀리면서도 선명했다. 타악기도 섬세하게 감정을 표현한다는 걸 처음 알았다.*

　느리고 단순해 보이는 곡일수록 연주는 더 어렵다. 세게 칠 때 힘이 달려서 힘들었을 때와는 또 다른 어려움이다. 소리를 줄이기 위해, 나만의 감정을 싣기 위해, 박자 간의 사이가 길어서 듣는 이의 귀에 잘 띈다는 등의 이유로 상당한 인내심과 집중력, 그리고 상상력을 요한다. 구름 위를 걷듯이, 아기를 재우듯이, 데이트를 하러 뛰어가듯이…. 시인 칼릴 지브란은 친구를 만나 대화를 할 때 "목소리 속의 목소리로 귓속의 귀에" 말하라고 했다. 앞뒤 다 잘라먹은 인용이지만 나는 어쩐지 드럼이 내는 여린 소리에 이 구절을 붙이고 싶다. 연주하는 나도 심혈을 기울이게 되고, 듣는 사람도 귀를 더 기울일 수밖에 없다. 그렇게 들은 소리는 마음에 오래 남는다. 그래서 다들 중요

---

*　드럼 소리를 아예 몰랐다가 알아보기 시작했을 때와는 또 다르게 요즘은 미디로 효과를 낸 드럼 소리를 발견하기도 한다(실은 발견할 수 있는 능력이 아직 못 되기에 선생님이 하나씩 알려주시면 오오, 하면서 주워듣는 식에 가깝다). 마룬5의 〈Harder To Breathe〉의 도입부, 넬의 〈섬〉의 도입부, 이지 라이프의 〈dead celebrities〉의 52초에 들리는 소리는 모두 드럼이다. 신스틸러 조연배우가 여기도 나오고 저기도 나오고 거기도 나왔는데 알고 보니 다 같은 사람이네, 하고 알아봤을 때의 기분이다.

한 말일수록 작게 말하라고 하는 건가.

　　드럼은 철저히 외강내유의, 알면 알수록 더 재
밌는 악기였다. 세 보이지만 섬세하고 유순하다. 자
신의 소리를 때에 맞게 줄일 줄 알고, 여운을 남길 줄
알며, 무대에서는 기타와 보컬에, 심지어 무대효과를
위한 안개에 가려도 그러려니 하고 연주하는 드럼이
좋다. 앞으로 나서지 않고 묵묵히 자신의 역할을 다
하면서 그룹의 중심을 잡아주는 사람, 겉은 강해 보
이지만 속은 여리고 따뜻한 사람. 그런 사람이 되고
싶고 또 좋아하기에 드럼의 여린 모습을 봤을 때 진심
으로 기뻤다.

　　좋아하는 것을 가까이 두면 그것을 닮아간다.
나는 드럼을 곁에 두고서 계속 닮아가고 싶다고 생각
한다. 그것의 뜨겁고도 여린 품성을, 여리면서도 정
확하게 내는 소리를.

여성 드러머

"엄마, 나 이따가 12시까지 연락 없으면 경찰에 신고 좀 해줘… 진짜 꼭이야!"

드럼 수업에 가던 첫날 엄마랑 했던 통화 내용이다. 나는 농담처럼, 그러나 토씨 하나 안 빼고 이렇게 말하고는 아마 레슨실 주소도 보냈던 것 같다. 드럼 수업을 알아볼 때 조건 1순위는 선생님의 경력이었지만 그에 앞서 0순위가 있었으니, 그건 바로 선생님이 '안전한' 사람인가였다. 첫인상만으로 알 수는 없지만 여자의 촉은 DNA에 새겨지다시피 한 생존 본능 아니겠는가.

밀폐된 공간에서 일대일로 배워도 무섭지 않아야 한다는 점이 실력만큼이나 중요했던 나는 인스타그램에서 '#홍대드럼'을 검색해 영상 속 수업 분위기를 유심히 살폈다. 유난히 검색에 많이 잡힌 한 계정을 찬찬히 보는데 대부분의 수강생이 여성이고(나중에 배우고 보니 선생님은 레슨 영상을 올리기 전에 매번 수강생에게 동의를 구했다), 선생님이 바로 뒤에 있음에도 이들의 표정이 몹시 편안해 보여서 마음이 놓였다. 더 찾아볼 필요가 없었다. 그런데도 수업 첫날에는 엄마에게 미리 전화해 다짐을 받아두었고, 엄마도 그날의 통화 끝에 "얘는 무슨 그런 말을 하니"라는 말 대신 "그래 알았어. 조심히 다녀와"라고 했다.

그렇게 찾아간 레슨실은 지하라는 사실을 잊을 만큼 밝고 뽀송하고 깔끔했다. 그때나 지금이나 선생님은 변함없는 거리두기 속에서 즐거운 음악생활로 나를 인도해주시지만, 처음엔 너무 긴장한 탓에 수업 전후로 목과 어깨가 항상 뻣뻣했다. 방음 때문에 레슨실 문이 이중인 것도 불편해서 문을 어떻게 여닫는지 슬쩍슬쩍 살폈다. 드럼은 다른 악기에 비해서 전신을 고루 사용하기에 가르침을 위한 터치가 있을 수 있겠다고 생각하면서도, 정말 터치가 있다면 어디까지가 맞는 걸까 미리 가늠해보기도 했다. 다행히 선생님은 꼭 닿지 않고도 잘 가르치는 분인 데다 결코 사적인 질문을 하는 법도 없었다. 레슨실은 밤늦게까지 열려 있어서 늦은 퇴근 후에도 얼마든지 배울 수 있었지만 수업을 마치고 자정께 지하철역에서 집까지 걸어가는 건 생각만 해도 머리가 아팠다. 그래서 눈을 비벼가며 아침 수업에 갔다.

　　드럼 수업에 관해 이야기할 때면 여자인 친구들은 대번에 이해하며 수업을 참 잘 찾았다고 칭찬해주었다. 이 책을 읽고 있는 여성들도 고개를 끄덕일 것이다. 우리가, 여성이, 무언가를 배우려고 할 때엔 생각지도 못한 부분까지 고려해야 한다는 것을. 고려하고 있다는 것조차 깨닫지 못한 채 너무나 자연스럽게, 무의식적으로 고민하며 살아왔다는 것을.

　수업 시간에는 알 수 없는 겸손이 튀어나와 집에 오는 길에 "아오!" 하며 허공에 주먹을 날린 적이 얼마나 많았나. 수업에서 칭찬만 받았다 하면 크든 작든 "아유, 아니에요"라며 손사래부터 치는 내 모습은 어떻고. 거의 이런 느낌이랄까. "미천한 쉰네가 방금 잘 친 게 맞습니까요?" 특히 여성과 어린 사람에게 겸손이 미덕이라고 강조하는 사회에서 어린 여성으로 자라 젊은 여성이 된 나는 칭찬 앞에서 무조건 일단 아니라고 사양하거나 내가 잘한 걸 한 번에 인정하지 못하는 습관이 있었다. 그뿐이랴. 배운 걸 자꾸 틀릴 때면 어쩐지 선생님에게 미안해졌다. 아니 왜 미안하냐고. 나는 이제 막 시작한 사람인데. 모르니까 알고 싶어서 배우러 온 건데. 하루는 이 불필요한 말과 마음들이 사회생활이 아닌 취미의 영역까지 들어와 있는 게 꽤씸해서 때마침 들은 칭찬에 "네, 맞아요. 감사합니다!"라고 의식적으로 대답했다. 그렇게 나는 왼손 스트로크에는 칭찬을 곧이곧대로 받아들이고, 오른손 스트로크에는 알 수 없는 미안함을 지우는 연습을 했다.

자, 이제 드럼 치는 사람을 상상해보자. 그 앞에 누가 앉아 있는가? 이 책을 읽는 중이라 손정승을 떠올려주셨다면 감사의 마음을 보낸다. 정작 나는 남자를 떠올렸던 것 같다. 더 솔직히 말하면 아무 생각이 없어서 '드럼은 반드시 여자 선생님을 찾아서 배워야지!' 하는 생각 자체를 하지 못했고, 그렇게 나도 남자 선생님을 만났다. 드럼을 배우고 나서야 다른 여성들은 드럼을 어떻게 가르치고 배우는지 궁금해서 인터넷에 '드러머'를 검색했더니 인스타그램 기준으로 8만여 개의 게시물 대부분이 남자였다. 아니 아니, 저는 여자가 드럼 치는 걸 보고 싶거든요. 그러려면 드러머 앞에 '여성'을 붙여야 했는데 '#여성드러머'라는 해시태그는 천 개를 겨우 넘긴 정도였다. 그래? 그럼 다른 단어를 검색해볼까? '#남성드러머', '#남자드러머'. 결과는 놀라우면서도 놀랍지 않았다. "검색 결과 없음."

여성 드러머의 게시 글이나 영상을 하나씩 구경하다 보면 옷차림이 가뿐한 분들이 가끔 보였는데, 어떤 영상 앞에선 정말 많은 생각이 들었다. 아니나 다를까 거기에 달린 댓글들은 볼썽사나웠다. 실력이 아닌 외모에 대한 예찬 일색이었는데 예쁘다, 섹시하다 정도는 젠틀하고 고상한 축이었다. 정성스럽게 따로 쓴 게시 글에서는 한 명의 사람을 얼굴, 몸매, 키, 몸통(정말 단어를 이렇게 썼다) 비율로 조각내어 품평하고 있었다. 같은 인간으로 동등하게 보고 있었다면 그럴 필요도, 그럴 수도 없는 시선이었다. 내가 본 게 10년 전 게시 글이라 안도했다, 뭐 이런 해피엔딩으로 마무리 지으면 좋겠지만 채 1~2년이 되지 않은 최근 글들이었다.

그 와중에 분명한 수확도 있었다. 여성 드러머들의 이름을 마음에 품은 일이다. 우리는 음악을 잘 모른다고 하면서도 비틀스의 링고 스타나 퀸의 로저 테일러 정도는 알고 있다. 이들이 그룹에서 무슨 악기를 담당하는지는 모를지라도. 여성 드러머를 일부러 찾아보기 전까지는 단 한 명도 곧바로 말하지 못하는 내 모습이 어쩐지 드럼인으로서 부끄러워 일부러 더 열심히 찾아봤다. 음악을 좋아하는 사람이라면 한 번쯤은 통과했을 벨벳 언더그라운드의 모린 터커, 요 라 텡고의 조지아 허블리, 3호선 버터플라이의 서현정, 피터팬컴플렉스의 김경인 님이 여성 드러머다. 카펜터스의 카렌 카펜터, 최초의 전문 여성 드러머 중 한 명이었던 바이올라 스미스, 1980년대 히트곡 〈The Glamorous Life〉를 부르고 연주한 쉴라 E.,

무엇보다 한국에는 심수봉 님이 있다.

이름이 널리 알려지지 않았어도 좋다. 유튜브에 'grandma drummer'를 검색하면 인종도 나이도 다양한 세계 곳곳의 드럼 치는 할머니를 볼 수 있는데, 그 영상들은 내게 많은 걸 알려주었다. 저 나이에도 저렇게 여리게 브러시를 다룰 수 있구나. 저렇게 정교하게 하이햇을 오픈할 수 있구나. 나도 앞으로 50년 정도는 더 칠 수 있겠구나.

이 여성들을 만나기 전엔 나조차도 내가 여자이기에 드럼을 칠 때 남자보다 힘이 달리는 게 아닐까 스스로를 의심했다. 사실 드럼의 만듦새 자체는 팔다리가 길고 손이 두껍고 힘이 좋은, 체격이 좋아서 대체로 남성으로 분류될 사람들에게 적합하다. 그렇지만 세상 모든 드러머는 피지컬이 제각각이고, 남자라고 해서 전부 체격이 큰 건 아니니까. 이들은 자신만의 요령으로 저마다 멋지게 드럼을 플레이한다. 음악의 역사에 이름을 남긴 드러머들의 자세가 모두 다르고, 그런 각자의 특징으로 오래 이름이 회자되는 이유다.

내가 다니는 수업만 그런지는 모르겠지만 여성 수강생이 압도적으로 많고, 주변에서 건너건너 드럼을 배운 이야기를 들을 때면 그 또한 여성이었다. 여자 축구팀에서 땀 흘리는 김혼비 작가도 처음부터 대의를 품고 운동장에 나선 건 아닐 테다. 그저 축구를 시작했더니 타인과 자기 안의 편견들이 보이기 시작했고, 그것들을 완전히 깨부숴주는 팀 언니들과 시간을 쌓아가며 "여자가 ○○를 한다고?"에서 축구라는 단어를 빼고 있음을 깨달았을 것이다. 나도 마찬가지다. 처음부터 대단히 드럼 속 여성에 대해 고심하며 드럼을 배우러 다니지는 않았다. 드럼을 치다 보니 안 보이던 게 눈에 보이길래 곰곰 생각하고 깨달은 것들이다. 드럼을 사랑하고, 오래 배우고 싶다고 소망하고, 다른 여성 드러머를 찾고 응원하며, 내가 즐겁게 친 연주 영상을 SNS에 올리는 일, 심지어 『아무튼, 드럼』을 쓰는 일까지. 이 모든 행동이 드럼이라는 세계에서 여성의 자리를 넓히는 데에 힘을 보태고 있다고 믿고 싶다.

성별 무관, 나이 무관, 직업 무관, 학력 무관, 언어 무관. 드럼 앞에서는 모든 게 무관하다. 그런 악기라고 철석같이 믿고 있다.

모십니다, 밴드원

드럼을 배운다고 하면 "드럼은 어떻게 쳐요?"라는 질문을 곧잘 듣는다. 물론 드럼 치는 법을 몰라서 묻는 게 아니다. 합주를 하는지 혼자 치는지, 혼자 쳐도 재밌는지를 궁금해하는 질문이다. 결론부터 말하자면 드럼은 나 혼자 레슨실에서 음원에 맞춰 독주를 하고 있고, 혼자 쳐도 충분히 재밌다.

합주를 할 수 있을 정도로 실력이 늘면 뮬*이라는 사이트를 통해 합주할 밴드를 구할 수도 있다. 실력이 괜찮고 밴드와의 음악 지향점이 같다면 바로 '모셔 갈' 것이다. 밴드 하는 사람들 사이에서는 금드럼, 은베이스, 동기타라는 말이 우스갯소리로 돌아다닌다고 하니까.** 나는 나와의 합주를 하느라 바빠서 아직 혼자 치는 것으로도 만족하지만 이런 내게도 미래의 밴드원으로 눈여겨보는 이들이 있다.

---

* 중고 악기 거래 사이트이자 음악인들의 최대 커뮤니티. 악기 판매부터 구인, 구직, 오디션 정보까지 빼곡하게 모여 있다. mule.co.kr

** 악기 접근성에 따라 기타를 맡을 수 있는 사람은 많고 베이스와 드럼을 연주하는 사람은 상대적으로 적어 연주자를 구하기가 쉽지 않다고 한다. 밴드원 구인 공고를 낼 때에도 '드럼 모십니다', '베이스 구합니다', '기타 오세요' 등으로 표현이 미묘하게 달라진다고.

책방에서 일하다 보면 단골손님이나 거래처 담당자분과 때때로 담소를 나누곤 하는데 그조차도 책에 대한 이야기가 9할이다. 책 외에 우리의 공통점을 탐색하기가 어려운 것이, 업무 중인 탓도 있지만 우리가 책에 너무 진심인 탓도 있다.

어느 날, 오랜 거래처이자 단골손님인 설애 편집자님이 오랜만에 책방에 오셔서 『아무튼, 드럼』 소식 들었다며 글 쓰는 건 잘되어가는지 물었다. 그러고선 당신도 피아노를 친다며 피아노에 대한 애정을 눈을 반짝이며 말했다. 마스크에 가려 보이진 않지만 함빡 웃는 입, 그 위로 보이는 눈웃음, 기쁘게 숨을 몰아쉬면서 벅찬 즐거움을 이야기하는 모습이 무척 놀라웠다. 책만큼 사랑하는, 거대하고 은밀한 세계를 따로 가꾸고 있었다니. 책을 다루는 이들과 책 이야기를 하다 보면 눈이 반짝일 때가 자주 있는데, 그 눈빛을 다른 이야기 속에서도 발견할 수 있어서 그날은 온종일 은근하게 기뻤다.

또 다른 편집자 손님인 보희 님의 어머니도 떠오른다. 나는 드럼을 처음 배울 때부터 SNS에 연습 영상을 올렸는데, 보희 님의 댓글이 눈에 띄었다. "와! 저희 엄마가 드러머 6년 차! 그사이 완전 다른 분이 되었어요. 활력 그 자체!" 예순을 훌쩍 넘기셨다고 들었는데, 드러머 6년 차라니. 당시 드럼 초보였던 내게는 이 한 줄의 댓글이 장밋빛 미래를 보장해주는 한 줄기 빛 같았다.

그 뒤로도 보희 님은 드러머 어머니의 말씀을 댓글로 올망졸망하게 달곤 했다. "엄마가 꼭꼭 오래 드럼 치라고 응원을 보내셨습니다", "오직 후회하는 건 왜 더 일찍 시작하지 않았을까, 그것뿐이라고 하셨어요", "영상 보시더니 이제 정승 씨 박자도 쪼갤 줄 안다며 박수 치심. 지금 옆에서 설명 중 ㅎㅎ". 아아, 내게도 드럼 선배가 생겼다. 그날 이후로 보희 님과 만날 때면 '선배님'의 안부를 여쭈었고, 선배님도 따님을 만날 때면 내 영상을 보여달라 하신다고 했다. 내 실력이 느는 걸 보고 대리만족 하는 것 같다며, 이 구간은 어떻고 저 자세는 어떻고 하며 아주 구체적으로 칭찬하신다고 했다. 어느 날 보희 님이 보여준 영상에서는 선배님이 올바른 스트로크에 대해 설명하고 계셨는데, 영상 속 선배님 뒤로 전자드럼세트가 보이고 바로 옆에는 꽃이 만개한 화분이 모여 있었다. 꽃과 드럼과 멋지게 나이 들어가는 여성이 한 장면에 담긴 일상이 참 좋아 보였다.

선배님을 보고 있으면 자연히 엄마 생각이 난다. 내가 드럼을 배울까 한다고 말했을 때, 다룰 수 있는 악기가 있다는 게 얼마나 근사한 일이냐며 누구보다 적극 지지해준 사람도 엄마였다. 사실 드럼은 엄마가 오랫동안 배우고 싶어 했던 악기다. 본가 근처에는 드럼 교습소가 없어 그땐 별수 없지 싶었는데 막상 내가 배우고 보니 못내 아쉽다. 요즘도 통화를 하면 잘 치고 있냐고 엄마가 먼저 묻곤 하는데 그럴 때면 선배님도 처음엔 지역 청소년 수련관 같은 곳에서 시작했다는 보희 님의 말이 떠오른다. 집에서 바지런히 움직이는 모습 말고 엄마의 다른 가능성을 상상해본다. 엄마는 수줍음이 많아서 스틱을 들고선 자주 입을 가리고 웃는 날이 많을 텐데. 그사이 새로 생긴 곳이 없는지 한번 알아봐야겠다.

　　속속들이 안다고 믿었던, 혹은 좋은 사람이지만 스쳐 가는 인연이라고 생각했던 이들의 몰랐던 모습을 본다. 그들에게 이런 음악과 저런 악기가, 부지런히 가꿔온 큰 설렘이 있다는 걸 알게 되면 새삼 그 사람이 고유한 존재라는 생각에 마음이 애틋해진다.

　　가족과 일 안에서만 합주가 가능하다고 여겼던 사람들과 다른 장르의 밴드를 만드는 상상을 한다. 우리가 지금껏 해온 음악과는 꽤나 다르고 제법 낯설겠지만 어쨌거나 재미있을 것이다. 이들과 잠시 멈춰 음악을 이야기하는 순간은 새로운 합주의 예비 박을 넣는 시간이다.

불이 켜진 그곳

살아오면서 좋은 사람들을 많이 만났지만 선생님 운만큼은 확실하게 없었다. 영화 〈위플래시〉의 교수 (라고 부르기도 싫은) 플레처의 폭력과 완벽주의가 빚어낸 환장의 결말을 보며 중간이라곤 없는 편애와 무관심, 사랑의 매를 가장한 폭력과 오락가락하는 기분으로 미성년 아이들을 눈치 보게 만들었던 지난날의 몇몇 어른을 떠올렸다. 그들은 좋은 말도 나쁘게 할 줄 알았고 나쁜 말은 더 나쁘게 할 줄 알았다. 내가 어른이 되어서 다시 생각해도 이해할 수 없는 행동들이었다.

그래서일까. 나는 자잘한 칭찬을 좋아하는 어른으로 자랐다. 집에서 첫째로 자라기도 했고, 살가운 성격도 아니라 내가 받는 칭찬 또한 늘 짧고 굵었다. 그래서 내가 밥만 잘 먹어도 귀여워해주는 선배 언니들의 칭찬이 좋았다. 직장인이 되어서도 나에게 칭찬은 크나큰 동력이었다. 다만 직장에서 칭찬을 듣는 일은 몹시 간헐적으로 찾아오기에 드럼을 시작한 뒤로는 회사 바깥에도 칭찬받는 곳이 생겼다는 게 좋았다.

나의 드럼 선생님은 칭찬을 아주 잘하는 사람이었다. 언제나 조금은 피곤해 보이는 선생님이 온 힘을 끌어 올려 칭찬할 때면 진짜냐고 묻는 대신 동질감을 느꼈다. 나도 영혼 없다는 소리를 많이 듣기 때문이다. 나는 안다. 선생님의 칭찬은 진심이고 다만 높낮이가 없을 뿐이라고….

　머리가 굵어질 대로 굵어진 다음 무언가를 배우며 그 분야 전문가에게 칭찬받는 일은 달콤했다. 그래서 자꾸 욕심이 났다. 내 안에 나도 몰랐던 재능이 있기를, 익히는 속도가 남들보다 훨씬 빠르기를 내심 바라면서도 겉으로는 실력에 대한 자기객관화가 잘된 겸손한 학생으로 보이길 바랐다. 내 마음이 실력보다 저만치 앞서 나가 있음을 들키는 게 아주 부끄러웠기 때문이다. 어른이 되어 무언가를 배우면 좋은 점이 여럿인 만큼이나 체면을 차리게 되니까. 그런 내게 수업 때 배울 곡을 정할 기회가 주어지면 나는 늘 "하고 싶은 곡이지만 저한텐 아직 어려울까요?"를 덧붙이곤 했다. 사실 어렵든 쉽든 어떡해서든 해내고 싶은 곡인데도 그랬다. 그러면 선생님은 이렇게 말했다. "노래를 고를 때 쉬울까 어려울까 고민하지 말고, '이걸 할 때 즐거울까?'만 생각하세요."

　일터에서 책을 소개하는 일도 비슷하다. 나는 땡스북스에서 책을 고르고 사는 독자들에게 기대하는 바가 없다. 책을 읽고서 삶이 완전히 바뀌기를, 사회를 읽는 시선이 바뀌고 텍스트를 이해하는 능력이 더 높아지기를 바랄 리 없다. 완독은 더욱 바라지 않고 재미없으면 과감히 덮으라고 권한다. 오직 내가 바라는 건 저마다 나름의 재미를 발견하고 호감을 잃지 않는 것. 싫어지지만 않으면 책을 계속 곁에 둘 수 있다. 그러다 보면 언젠가 그 책을 들춰보고 그걸로 누군가와 대화를 할 수도 있을 테니 그거면 족하다.

선생님은 내가 틀린 걸 지적하기보다 지금의 좋은 점과 여기서 좀 더 개선할 수 있는 점에 집중했다. 학생 관리 차원의 덮어놓고 하는 칭찬이 아니었다. 그래서 더 궁금했다. 어떻게 그렇게 칭찬봇이 되었는지. 선생님도 예전에는 자신이 입시를 준비하면서 드럼을 배운 방식 그대로 스파르타식으로 학생들을 가르쳤다고 했다. 그러다 문득 학생들을 보니 안 틀리는 데에만 집중하느라 실력이 늘어도 뭔가 불안해 보이더라는 거다. 잘해놓고도 칭찬을 받아본 적이 없으니 뭘 잘했는지 모르고 틀린 것만 확대시켜 받아들이는 것 같았다고. 그때부터 사소한 거라도 무조건 구체적으로 칭찬해야겠다고 결심했단다. 어차피 어른이 되어 취미로 시작한 이상 틀린 걸 고치기만 하는 건 끝이 없으니 그냥 즐기라고. 재밌고 행복하면 된거라고.

내가 드럼으로 밥벌이를 할 것도 아니며 숨겨진 재능을 발견할 확률도 낮다고 한계를 긋자 오히려 드

럼 앞에 더 앉고 싶었다. 앞날에 대한 상상을 지워갈
수록 지금의 즐거움이 선명해졌다. 몰아세울수록, 부
담을 느낄수록 하던 것도 못하게 되고 마는 내게는 안
성맞춤이었다.

나는 마디 세는 데에 취약해서 종종 내가 연주
하는 악보의 위치를 놓치곤 하는데, 그럴 때면 "선생
님 저 지금 어디예요?"라고 크게 외친다. 그러면 선
생님은 얼른 내 뒤에서 다음 마디를 짚어준다. 길을
놓치고 머뭇거릴 때마다 내가 지금 어디에 서 있는지
알려주고 앞으로 나아가게 하는 사람, 한 해의 수업
을 잘 마친 나에게 '앞으로 더 편안해지고 불안하지
않은 소리를 낼 수 있을 거예요'라며 용기를 북돋는
사람이 있다. 칭찬을 좋아하는 어른이 되었다고 했지
만 사실은 나를 믿어주는 존재를 만나고 싶었던 것이
리라. 그 옛날 학창 시절에도 이렇게 잘 지켜봐주는
사람이 곁에 있었다면 지금의 나는 어떻게 됐을까 궁
금하다. 지금의 삶에 아쉬움이 있다는 건 아니지만.

나의 현생을 한 번에 꺼줄 스위치를 찾아다녔
다. 책이 좋아서 출판사로 가려다 옆길로 새서 서점
인이 되었는데 그것이 늘 두려웠다. 출판사에 있었다
면 특정 분야의 책이 싫어졌다는 핑계라도 댈 수 있

지만 책을 종합적으로 다루는 서점 일이 싫어진다면 답이 없어 보였다. 좋아하는 게 책 읽는 것 말고는 아무것도 없는데 이 세계가 혹시라도 나를 내치면 어쩌나, 내가 먼저 질려서 떠나면 어떡하나 싶어 종종거렸다. 너무 좋아해서 거리를 두고 싶은 나머지 연결이 완전히 끊길 수 있는, 도무지 접점이라곤 하나 없는 세계가 절실했다. 여기서 잘 안 돼도 다른 데가 또 있다고 말해줄 수 있는 그런 곳. 이 스위치는 고장인 것 같고, 저 스위치는 시원찮고, 그 스위치는 누를까 말까 고민하며 여러 해를 보내던 어느 날, 모처럼 눈앞에 못 보던 스위치가 보이길래 눌러봤더니….

불이 켜진 그곳엔 드럼이 있었다.

그렇게 드럼만 덩그러니 놓여 있던 곳에 음표와 대화와 시간이 쌓였고, 문득 돌아봤더니 나는 음악의 한가운데에 와 있었다.

어느 시절을 기억하는 데엔 특정 감각이 월등히 작용할 때가 있다. 어릴 때의 외할머니를 떠올리면 고운 백발이 눈에 선하고, 20년 지기 친구를 떠올릴 때면 그 애 집에 처음 놀러 가 먹었던 라면 생각에 입 안에 침이 고인다. 이십대를 다 보낸 나의 첫 직장은 책 냄새로 추억하겠지. 나는 서른 무렵의 시간을 홍대 앞 어딘가에서 들은 것들로 기억하리라는 걸 문득 깨달았다. 이곳에서 나눴던 칭찬과 숱한 노래들, 귀를 기울였던 대화와 드럼 소리로.

나를 만든 세계, 내가 만든 세계
'아무튼'은 나에게 기쁨이자 즐거움이 되는,
생각만 해도 좋은 한 가지를 담은 에세이 시리즈입니다.
위고, 제철소, 코난북스, 세 출판사가 함께 펴냅니다.

아무튼, 드럼

초판 1쇄 2022년 12월 10일
초판 2쇄 2024년 7월 5일

지은이 손정승
편집 이재현, 조소정, 김아영
디자인 일구공 스튜디오
제작 세걸음

펴낸곳 위고
등록 2012년 10월 29일 제406-2012-000115호
주소 경기도 파주시 돌곶이길 180 38 1층
전화 031-946-9276
팩스 031-946-9277

hugo@hugobooks.co.kr
hugobooks.co.kr

© 손정승, 2022

ISBN 979-11-86602-90-4 02810